빵상

빵상

고양일 수필집

수필과비평사

세상의 사람들은 제각각의 모습으로 살아갑니다. 하나밖에 없는 삶을 보석처럼 아끼는 사람이 있는가 하면, 그저 되는대로 살다가 때가 되면 생을 마감하고 떠나는 사람도 있습니다. 제가 여태 살아온 나날들을 되돌아보면, 평생의 반쯤을 훨씬 넘길 때까지 파도가 사나운 여울목에서 살았습니다.

남겨진 만큼은 갈대가 수런대는 강기슭이었다고 생각됩니다. 어느 쪽에서 얼마큼 살았든 눈보라가 치거나 비바람이 몰아치면 춥기도 했고, 뼛속까지 스며드는 외로움에 눈물을 흘리기도 했습니다. 하루하루 요긴한 것들을 나도 모르게 놓치고 사는 때가 너무 많았습니다.

바람이 나뭇잎을 깨우거나 하늘이 푸른 것은 흰 구름 때문이라는 걸 알지 못했습니다. 가끔은 숨찬 걸음을 멈추고 나무 그늘에 앉아 푸른 하늘 한 번쯤 쳐다보며 살아야 했는데, 잠시 쉬었다 갈 것으로 믿었던 세월이 이렇게 빨리 갈 줄은 정말 몰랐습니다. 산수 ~~傘壽~~를 훌쩍 넘긴 지금에 와서 후회한들 무슨 소용이 있겠습니까.

우연히 들른 문학의 숲에서 여러 문우와 인연이 되어 입은 은혜가 결코 가볍지 않습니다. 참 고마웠습니다. 작고 보잘것없으나 평생에 처음 내는 책입니다. 좀이 쑤셔 군데군데 쓰잘머리 없는 만용을 부려서 민망스럽습니다.

설렘과 두려움으로 이 책을 바칩니다.

2024년 어느 맑은 봄날에
고 양 일

| 차례

5부

1부

버찌가 익을 무렵

중앙동에서 40계단에 올라서자 까마득히 지난 시절에 철없이 보낸 그 길이 나타났다. 그때는 제법 널찍한 큰길이었다고 기억되는데, 지금 보니 낡은 도시 변두리의 골목길처럼 어둡고 초라해 보인다. 옛날 모습은 사라지고 대신에 낯선 집들이 들어섰지만 벌써 모든 것이 헌옷처럼 낡아 보이는 것은 지나간 세월의 흔적 탓일 게다.

길가 조그마한 찻집에 들어선다. 찻집 안이 아늑해서 낯선 기분이 들지 않고 나도 모르게 마음이 훈훈하게 더워 오는 것은 무슨 연유일까. 앉아 있는 의자에서 눈대중으로 스무 걸음쯤에 내가 어릴 때 살던 집이 있었을 것이라는 생각이 든다. 아메리카노 한 잔을 시켜 마신다. 짙은 갈색 커피의 독특한 풍미와 따끈한 온기가 혓바닥을 자극하면서 옛날 생각이 스멀스멀 가슴에 차오른다.

맞은편 눈앞에 바싹 다가앉은 산은 복병산이다. 산 모양은 나지막한 동산에 불과하지만 나에겐 평생 잊을 수 없는 엄마의 젖꼭지였다. 학교만 파하면 이웃에 사는 같은 학교 반 친구인 성이와 함께 산에 올랐고 산은 언제나 우리를 반겨 주었다. 산 위에 올라서면 바로 언덕 아래 여학교 운동장이 펼쳐 있고 서쪽의 측후소 옥탑에서는 풍력 풍향계가 쉴 새 없이 맴을 돌았다. 측후소와 북쪽 귀퉁이에 자리 잡은 방송국 사이에는 철조망이 쳐진 배수지가 초록 풀잎을 융단처럼 깔고 누워 있었다. 남쪽은 복병산과 쌍둥이처럼 닮은 용두산이 큰길 하나를 건너에 두고 마주 보였다. 용두산 아래는 내가 다닌 초등학교의 평화롭고 단아한 자태가 장난감 같았다. 운동장에서 산허리까지 쭉 뻗은 계단이 사다리처럼 걸쳐 있어 산은 마치 학교 운동장의 한 부분 같았다. 우리들의 보금자리였던 이 학교도 4학년 때 일어난 한국전쟁으로 유엔군 주둔지로 내어주고 졸업할 때까지 산 중턱에 천막을 치고 초등학교를 마쳤다.

복병산에 봄이 오면 철쭉꽃이 여기저기서 피어나고 특히 벗나무는 부지기수여서 사월이 되면 꽃이 온 산에 구름처럼 하얗게 피었다. 더구나 철조망이 쳐진 언덕에서 배수지까지는 벗나무가 지천이어서 꽃이 피면 백색의 낙원처럼 황홀했다. 이때가 되면 성이와 나는 나무 밑에서 숙제를 하거나 온 산을 누비며 뒹굴었다. 산이 우리들의 천국이었고 곳곳이 놀이마당이었다.

화려한 벚꽃이 먼저 피었다가 지고 잇따라 잎과 버찌 열매가 탐스럽게 익는 여름이 찾아온다. 햇살로 등에 땀이 밸 무렵에 붉은 열매가 검게 농익어 가면, 나무에 올라가서 흥청망청 버찌를 따서 먹었다. 일부러 입술에 짙은 과즙을 문질러 보라색으로 물들이고 산을 내려오며 또래의 아이들에게 으스대기도 했다. 그 놀음도 싫

증나면 철조망 안의 버찌에 눈독을 들였다. 곳곳에 '철조망을 넘는 자는 사형에 처한다.'라는 무시무시한 경고판이 붙어 있었지만, 가지마다 주렁주렁 매달린 버찌의 유혹에 비하면 사형쯤은 우습게 알았다. 그때는 배수지가 얼마나 중요한 시설인지 알지 못했다. 배수지 관리인이 두렵기는 했으나 오히려 더 무서운 것은 관리인과 함께 다니는 한 마리 셰퍼드란 녀석이었다. 두 귀가 쫑긋하고 시꺼먼 주둥이에 송곳 같은 이빨이 억세게 솟은 그놈이 가장 공포의 대상이었다.

그날도 학교를 마치고 나서 여느 날처럼 산에 올랐다. 7월도 꼬리가 잡히는 즈음이라 철조망 안의 버찌는 새까맣게 익어 우리의 탐욕스러운 눈길을 붙잡았다. 철조망쯤으로는 우리들의 샘솟는 욕망을 꺾지 못했다. 슬슬 온몸에 발동이 걸리기 시작했다. 철조망을 벌리고 몸을 낮춰 안으로 기어들어 갔다. 관리인과 셰퍼드의 기척에 잔뜩 신경을 곤두세우고 이 나무 저 나무를 옮겨 타고 다니며 버찌를 땄다. 이곳의 버찌는 유난히 씨알이 굵다. 나무 위에서 원숭이처럼 매달려 게걸스럽게 따먹고 그것도 모자라 입고 있던 러닝셔츠 속에 집어넣었다. 버찌 열매가 셔츠 속에서 불룩하게 부풀어 올랐는데도 우리는 황홀한 삼매경에 빠져 시간 가는 줄 몰랐다. 그러자 갑자기 언덕 아래서 개 짖는 소리가 요란하게 들려왔다. 혼비백산하여 나무줄기를 안고 미끄럼 타듯 내려서 철조망을 넘어 줄행랑을 쳤다. 그러나저러나 이런 낭패가 있나, 셔츠 안에서 나무줄기에 눌려 터진 버찌의 속살이 뭉개져서 하얀 셔츠 앞

가슴이 온통 보라색으로 물들었다. 끈적한 버찌의 농즙이 배를 타고 내려와 사타구니까지 적셨다. 러닝셔츠에 검붉은 훈장을 새기고 땀에 범벅이 된 몸으로 집에 와서 어머니에게 등줄기를 얻어맞고 무서운 닦달을 받았다. 그래도 그때는 복병산이 있어 행복했다.

언덕 위에서 내려다보이는 배수지 안은 한마디로 선망의 대상이었다. 오묵하게 언덕으로 감싸 안긴 푸른 풀밭은 어머니의 품속이었다. 그러나 우리에겐 못 오를 나무는 없다. 우리는 출정하는 용사처럼 전의를 굳게 다졌다. 그러던 어느 가을날, 철조망을 뚫고 버찌 열매가 떨어지고 단풍이 빨갛게 물든 나무 밑을 고양이처럼 기어서 배수지로 숨어들었다. 배수지를 빙 둘러 깔아놓은 자갈 바닥에 붉은 벽돌로 쌓은 철문에 귀를 대면 흐르는 물소리가 들렸다. 키가 어깨높이만 한 이름 모를 풀이 배수지 위를 융단처럼 덮고 있었다. 우리들이 그렇게 오고 싶어 갈망하던 곳, 헐떡이는 숨을 누르고 푹신한 풀 속에 숨어 하늘을 보고 누웠다. 잘 가꾸어진 풀밭은 상큼한 풀냄새가 포근하게 감싸 안았다. 그 사이로 보이는 쪽빛 하늘에 흰 구름이 돛단배처럼 흘러갔다.

우리는 꿈같은 황홀감과 달콤한 햇살에 젖어 모르는 사이에 깊은 잠에 빠져들었다. 꿈속에서 백마를 탄 왕자가 되었고 피터 팬이 되어 하늘을 날았다. 얼마나 시간이 흘렀을까. 희미한 인기척에 놀라 후닥닥 잠을 깼다. 아 아, 우리들에게 믿을 수 없는 현실이 눈앞에 다가왔다. 그 무서운 셰퍼드가 침을 질질 흘리면서 관리인과 함께 내려다보고 있지 않은가. 눈앞에 철조망의 경고판 문구가 번쩍 섬광을 발했고 일어서려니 오금이 저려 움쩍할 수도 없었다. 관리인은 승리의 만족감에 젖은 듯 싱글벙글 웃으며 허리띠를 풀라고 명령했다. 허리띠를 풀어준 채 허리춤을 움켜쥐고 포로처럼 끌려갔다. 도망갈 생각은 엄두도 못 했고, 뒤따라오는 셰퍼드의 공포감에 벌벌 떨었다. 관리사무소로 끌려가서 관리인이 시키는 대로 사무실과 화장실까지 물을 뿌려가며 청소를 하고, 마지막에는 반성문까지 쓰고서야 가까스로 풀려났다.

내가 네 살 때쯤 우리 여섯 식구는 복병산 아랫동네에 있는 다다미방 적산가옥으로 이사 와서 살았다. 중학교 1학년 때인 1953년 11월 늦가을 저녁 무렵, 그날은 유달리 바람이 많이 불었다. 대청동 산비탈의 피난민 판자촌에서 일어난 불은 마치 도깨비불처럼 건너뛰면서 인근의 영주동, 동광동, 중앙동마저 태우고 부산역과 부산우체국까지 삽시간에 잿더미로 만들었다. 목조 건물인 우리 집도 불쏘시개처럼 타서 흔적도 없이 사라졌다. 설마설마하다가 옷가지 하나 제대로 챙기지 못하고 도망치듯 뛰쳐나왔다. 다음 날 아침에 찾아간 불탄 자리는 폭탄을 맞은 것처럼 처참해서 어느 곳이 내가 살던 집터인지 찾기도 힘들었다. 화마가 모든 것을 갈라놓았다. 이웃도 사라지고 성이와 동네 친구들도 뿔뿔이 헤어졌다. 하지만 모든 것을 빼앗아 간 재앙은 복병산만은 건드리지 않았다.

세월은 참 빠르기도 하다. 손으로 붙잡을 새도 없이 화살처럼 날아간다. 그동안 먹고 사는 일에 정신이 빼앗겨 지나간 일들을 되돌아볼 틈조차 잊고 있었다. 보헤미안처럼 세상을 헤매다 이제야 기억의 조각들을 주워 모은다. 액자에 끼워 두고픈 그림들이 강물처럼 흘러 마음속에 빈틈없이 스며든다. 시간이 과거를 묻어 둘 리 없다. 그때의 복병산은 신기루처럼 사라지고 기억을 되살릴 흔적만 주춧돌처럼 남았다. 성이는 지금쯤 어느 하늘 아래 살고 있을까. 그때를 생각하면 가슴 한편이 훈훈해진다. 그래도 시곗바늘을 되돌려 옛날로 돌아갈 생각은 털끝만큼도 없다. 부끄럽지 않게 살아오기는 먹은 나이 만큼에는 미치지 못해도, 고달픈 세월을 내 딴엔 제법 열심히 살아오지 않았는가. 어느새 다가온 백발 앞에 우리는 쓸쓸하다. 이제 남은 세상을 의미 있게 살다 가기를 바랄 뿐이다.

의자

의자의 사전적 의미는 궁둥이를 대고 걸터앉을 수 있게 만든 기구이다. 호박덩이만 한 궁둥이 하나쯤 간수할 수밖에 없는 의자 하나가 사람의 일상 속을 가장 가까이하면서 정치, 사회적으로 많은 의미를 간직하고 있다. 이 의자에서 사람의 다양한 삶의 형태가 나타나기도 하고, 한편으로 변해가기도 한다. 구조적으로 극히 단순한 이 기구는 권력자의 지배의 상징이면서 싸움에서 이긴 승자의 전리품이기도 하다. 동서양을 막론하고 수많은 권력자들이 이 의자에 앉거나 독점하기 위하여 곳곳의 산하에 붉은 피를 강물처럼 뿌렸고 아까운 생명들을 저세상으로 떠나보냈다. 서양에서부터 가까이는 중국과 일본은 물론이고, 우리나라만 하더라도 조선시대 수양대군은 임금의 의자를 차지하기 위하여 어린 조카를 죽이고, 그의 횡포를 만류하는 수많은 충신에게 철퇴를 휘둘러 참살하여 옥좌를 찬탈하는 등, 피의 역사는 끊임없이 되풀이되었다.

또한 의자는 부자들에게는 안락과 휴식을 즐기는 도구이지만 가난한 사람들에겐 쉽게 앉아 볼 수 없는 선망의 대상이 되기도 한다. 의자에 제대로 편안하게 앉아 보지 못하는 사람들에게 인간이 만든 이 도구는 신분과 지위, 빈부의 차이, 공정과 불공정 등의 갈등으로 새로운 인간적, 사회적 관계를 낳았다.

　순천 송광사를 품고 있는 조계산 기슭에 불일암佛日庵이 있다. 법당의 댓돌 옆에 흰 고무신 한 켤레와 나무 의자 한 개가 나란히 놓여 있다. 이 나무 의자는 법정 스님이 굴참나무로 손수 만든 의자이다. 비록 본때 없이 투박하게 만들어졌으나 스님은 스스로 톱으로 썰고 못을 박아 만들었다. 이 의자를 스님은 무척 좋아하였다고 한다. 지금은 먼 길을 떠나셨지만, 사진이나 그림에서 이 의자만 보면 스님 생각이 나서 저절로 숙연해진다. 이제는 스님이 앉았던 빈자리에 다람쥐가 올라와 놀다 가고, 산새가 나뭇가지에서 내려와 쉬어 간다. 스님의 장삼 자락에 밴 향기는 나무 사이로 부는 바람에 묻어온다. 이승에서 스님은 이 의자에 앉아서 조계산 자락을 바라보며 무슨 생각을 하셨을까.

　어저께 우리 집에는 커다란 상자 하나가 택배로 왔다. 서울에 사는 작은며느리가 의자 하나를 보내온 것이다. 포장을 뜯어내자 모습을 드러낸 것은 미국 허먼 밀러의 '인노바드 워커 체어'였다. 의자 몸체 사방에 기능성 레버가 주렁주렁 달린 신제품으로 한 개의 값만 해도 거금 이백만 원을 오르내린다는 명품이 아닌가. 지난 초가을에 휴가를 와서 내 책상의 의자를 보고는, 몸에 불편해 보이니 의자를 바꾸자고 했다. 마침 근무하는 회사에서 코로나로 재택 근무하는 직원들을 위하여 편한 의자 한 개씩을 무상 제공하고 있으니 이참에 써 보라고 권해왔다. 지금 내가 쓰고 있는 의자가 아직 낡지는 않았으나, 높낮이를 조절하는 기능에 고장이 생겨 의자 시트가 내려앉았을 뿐만 아니라, 시트 바닥이 고르지 못해서 엉덩이가 몹시 아파 방석을 겹쳐 포개고 앉아 사용하고 있었다. 그렇다고 체통 없이 면전에서 '얼씨구 좋다.' 할 수도 없어 '너나 써라.'며 사양했더니 자기 것은 집에 있는 걸 그대로 쓴다며 계속 권하였다. '그럼, 그리하마.' 하고 못이기는 척 승낙했다. 며느리가 다니는 회사는 회사의 상호가 다소 낯설고 생뚱맞았다. 요즘 신문이나 방송에서 이름깨나 오르내리는 걸 보면 덩달아 나조차 어깨가 으쓱하면서 며느리가 고맙고 대견스럽게 느껴진다.

나는 며느리가 값비싼 의자를 아낌없이 내어놓는 속뜻을 대충은 짐작한다. 나의 노욕이 지나쳤는지는 몰라도 문단에 턱걸이로 등단하게 된 것을 가장 기뻐하면서, 내가 편안한 의자에 앉아 좋은 글을 많이 쓰라는 내심 숨은 뜻이 담겨 있지 않았을까. 가끔 시집이랑 수필집을 사서 보내오기도 하면서 그래도 우리 집에선 나의 천군만마의 조력자가 되어준다.

빈 의자는 누군가를 기다리는, 외롭고 우울한 삶의 상징 같기도 하지만, 때로는 쉬어 갈 수 있는, 힘든 산을 오르는 길가의 그루터기 같은 것, 공원에서 한 가닥 볕뉘가 스며든 벤치 같은 것이다. 마음을 비우듯 만든 법정 스님은 의자 이름을 '빠삐용 의자'라 지었다. 암자에 찾아오는 손님에게 이 의자에 앉아서 조계산 자락을 바라보며 쉬어 가라고 만든 의자라 한다. 그러자 행자가 "스님, 만약에 찾아오는 사람이 없으면 어떡합니까." 하고 물었더니 "빠삐용이 절해고도에 갇힌 건 '인생을 낭비한 죄'라고 재판장이 말했지. 이 의자에 앉아 나도 인생을 낭비하고 있지는 않은지 생각해 보아야지."라고 말씀하셨다 한다. 항상 자신을 되돌아본 스님이었다.

깎아지른 절벽에서 바다를 향해 몸을 던지는 빠삐용을 생각한다. 줄무늬가 선명한 죄수복을 입고 절벽을 새처럼 날아 파도에 밀려 떠나가는 빠삐용은 손바닥만 한 뗏목 위에서 자유를 외친다. 그의 가슴 속에는 빈 의자 하나가 누군가가 앉기를 기다리며 일렁이는 파도 따라 흘러간다.

꽃 이름이 뭔가요

갑자기 단체방 카톡에서 '딸꾹' 하며 문자 하나가 떴다. 회원 중 한 사람이 이름을 알 수 없는 정체불명의 꽃나무 한 그루를 사진으로 올려놓고, 누구든 나무에 핀 꽃 이름을 알아맞히면 회원 전체에게 맛있는 커피를 대접하겠다는 내기를 내걸었다. 핸드폰 화면에 찍힌 꽃나무는 가지에 하얗게 엉겨 붙은 꽃 모양도 생소한데다가 먼 거리에서 찍은 사진이라 모두가 정답의 언저리에서 변죽만 울렸다. 결국 이 내기는 실속 없는 야단법석으로 끝나고 말았다. 커피는 물 건너간 꼴이 되었고, 애매한 횡격막만 자극하여 딸꾹거리게 만들었다.

우리나라에는 4천여 종의 식물이 살아간다고 한다. 그 많은 식물 중에는 각각의 이름에 대하여 나름의 사연과 전설이 깃들 만한 이름이 있는가 하면, 반대로 생긴 모양과는 한참 거리가 먼 이름도 많다. 풀이름을 알게 되면 그 풀에게 말을 걸 수 있다고 어느 작가가 말했듯이 풀이나 꽃에 대한 사연이나 이름 알기에는 백치에 가까운 나에게 신기하게도 잊혀지지 않는 꽃 이름 하나가 머리에 떠오른다. 경축일마다 불러야 하는 애국가 속의 무궁화도 아니고 트로트 노래 가사에 자주 오르내리는 꽃 이름도 더욱 아니다. 나는 이 꽃 이름이 등장하면 나도 모르게 마냥 행복해진다.

오래전 아파트 화단에 깨어져 버려진 화분 속에서 시들어져서 볼품이 없는 화초 한 그루를 주워왔다. 날카롭고 억센 가시가 모지도록 솟아난 줄기에 물기라고는 한 방울 없이 바싹 말라 있었다. 그러나 놀랍게도 마른 가지 사이로 젖먹이의 새끼손톱만 한 빨간 꽃 몇 송이가 매달리듯 애처롭게 달려 있었다. 살벌한 줄기에 비해 시들기는 했으나 꽃이 생긴 모양이 앙증스러워 빈 화분에 옮겨 심었다. 심은 지 며칠 동안은 아침마다 물을 주고 볕과 그늘을 옮겨가며 정성을 쏟았다.

한 달쯤 지나자 가시 돋은 줄기에서 꽃대가 가늘게 솟았다. 불콩 같은 꽃망울이 올망졸망 맺히기 시작하더니 밤새 꽃잎이 난연하게 활짝 열렸다. 아아, 꽃이 피었다. 붉은 꽃이 피었다. 시체처럼 버려진 몸뚱이가 천신만고 끝에 드디어 새 생명을 잉태한 것이다. 다행히 생명의 끄나풀은 이어져 환생의 축복을 받았지만 그때까지 집에 있는 누구도 그 꽃의 이름을 몰랐다. 아무리 길가에서 주워왔지만 이름도 없는 생명은 한갓 길가에 뒹구는 돌덩이와 무엇이 다르랴. 하물며 갓 태어난 반려동물도 이름이 있는데 이름조차 모른다면 주인 자격이 없다.

그러던 어느 날 동네 버스 정류소 옆 꽃집 문 앞에서 우연히 주워 온 그것과 똑같은 꽃을 발견했다. 주인아주머니에게 꽃 이름을 물었더니 '기린꽃'이라 일러주었다. 꽃대가 기린 목처럼 길고 가

늘어서 기린꽃이라 하는구나. 나는 그렇게만 알았다. 그래도 이 꽃의 호적은 알아야지 하는 마음에 인터넷으로 검색했더니 꽃 이름이 기린꽃이 아닌 '꽃기린'으로 표기되어 있었다. '꽃'이라는 소리가 '기린' 이름 앞에 붙으니 정감이 한층 달라진다. 꽃 이름만큼이나 꽃말도 뜻이 깊다. 고난의 깊이를 간직한 예수님의 꽃. 예수님이 골고다의 언덕에서 십자가에 못 박혀 돌아가실 때 쓰셨던 가시면류관이 꽃기린의 줄기로 만들어지고 그 가시에 찔려 흘린 피가 꽃이 됐다면 이 또한 얼마나 성스러운 은총인가. 우연히 버려진 생명 하나를 주워 뜻깊은 이름과 꽃말을 찾았다는 기쁨으로 꽃만큼 소담한 이름 '꽃기린'을 몇 번씩이나 되뇌어 본다.

사람들은 계절이 바뀌면 전에 없이 마음이 설렌다. 가뭇없이 사라진 여름 대신에 단풍으로 물든 나뭇잎 사이로 드높아 버린 하늘, 산등성이로 타고 넘은 바람은 범어사의 처마 끝에 풍경처럼 매달려 계절만큼이나 사람의 마음을 스산하게 한다.

큰 절의 기왓장을 맞대고 있는 대성암 암자에서 몇 발자국 내려오면 범어사 일주문이 소담하게 자리를 잡고 서 있다. 중년의 한 여인이 카메라를 들고 열심히 사진을 찍고 있다. 짊어진 가방, 카메라에 장착된 렌즈로 보아 아마추어는 아닌 것 같고, 몸을 땅바닥에 바짝 붙여가며 사진을 찍는 자세가 예사롭지는 않다. 아무리 살펴도 나같이 어슬렁거리며 가을바람이나 쐬고 다니는 평범한 소풍객은 아닌 게 분명하다. 무얼 찍고 있나, 호기심에 가까이 가 보았다. 땅에 듬성듬성 박힌 돌덩이 사이로 이름 모를 빨간 꽃이 무더기로 피어 있다. 잎도 없는 가느다란 꽃대에 매달려 화려하게 핀 꽃잎은 땅으로 휘어지고 꽃술은 하늘로 솟아 있다. 언젠가 어디선가 본 듯한 꽃이지만 아무리 생각해도 꽃 이름은 기억에 없다. 꽃 색깔이 낙엽 지는 계절에는 어울리지 않아 보였고 절간 주위 분위기에서도 엇맞는 것 같았다. 한참을 쭈그리고 앉아 사진을 찍던 여인이 자리를 털고 일어선다.

"이 꽃 이름이 무언가요?"

"꽃무릇요!"

"예?"

"꽃무릇!"

여인은 방긋 웃으며 총총히 사라진다.

불현듯 뇌리에 새겨둔 또 하나의 꽃 이름이 잇달아 떠오른다. 꽃기린!

'꽃' 자 하나로 자리 잡은 위치에 따라 얼마나 다른 정감이 솟아나고 아름다움이 묻어나는가. 꽃 이름에 '꽃' 자를 앞에 두니 말하고 듣는 느낌이 확 달라진다. 두 꽃의 이름을 지은 사람이 누굴까 하고 상상해 본다. 감성이 넘쳐나는 시인일까? 꿈 많은 참한 문학소녀일까? 아니면, 가난한 어느 시골 학교의 국어 선생님일까? 꽃 이름을 생각할 때마다 마음이 그저 행복해진다.

커피는 아무래도 내가 사야겠다.

아버지의 강

초여름 어느 일요일, 인적이라고는 손톱만큼도 없는 집안에 고요를 베고 오롯이 혼자 누워 한낮을 보낸 일이 있는가. 무료를 참다못해 앉았다, 일어났다 하면서 대부분 사람들은 모처럼 자신만의 이야기를 하나쯤 만들어 은밀하게 묻어두고 싶어한다. 빈방에서 문갑의 서랍도 열어 보고, 남자하고는 거리가 먼 반짇고리도 들춰 보고 여자들이 마련해 놓은 갖가지 연지분들의 냄새를 맡아보며 신기해한다.

할 일 없이 이 방 저 방 서성이고, 이 구석 저 구석 들쑤시다가 우연하게 다용도실 맨 위 칸의 선반에서 먼지로 얼룩진 상자 하나를 발견한다. 언뜻 무엇이 담긴 상자인지 짐작은 하면서 상자 속을 들여다보는 순간, 경외로움에 가슴이 설렌다. 아버지의 마지막 유품이다. 세상을 떠나신 지 반세기 가까이 긴 터널 같은 세월을 지나오면서 톱이나 끌, 먹줄 등 여태 쓰던 목공구들은 필요한 사람들이 하나, 둘 가져가고 대패 하나, 망치 하나만 달랑 상자 속에서 외로운 숨을 쉬고 있다. 대팻집에는 이미 주인의 손에서 오랫동안 숫돌에 갈려 다 닳아버린 어미 날이 덧날과 더불어 붉은

녹이 이끼처럼 덮고 있었다. 대패의 끝자락이 망치에 맞아 상처 난 자국은 대패 주인의 연륜을 가늠하게 한다. 그 흉터가 깊을 수록 경륜이 두터운 것은 말할 것도 없다.

아버지는 소목장小木匠이셨다. 한때는 유명한 가구 공장에 종사했으나 공장이 폐업하는 통에 살고 있는 집의 현관에 '동광공업사'라는 간판을 달고 한쪽 구석에 작업대를 설치해서 자영업을 했다. 아버지가 주로 만든 가구는 우리나라 전통적인 가구가 아닌 탁자나 책상, 의자 등 생활 가구가 대부분이었다. 새로 만들거나 수리를 하여 받은 대가로 생계를 꾸려 나갔지만 어려운 살림살이는 여전히 꼬리를 물고 따라다녔다.

아버지는 만들 가구의 각재와 판재들을 톱으로 썰고 거칠어진 표면은 대패로 밀었다. 대팻밥은 대팻집에서 꽈배기처럼 말려 올라왔고, 톱밥은 톱날 아래서 떡쌀처럼 흘러내렸다. 껍질이 벗겨진 나무들은 언제나 독특한 냄새를 풍겼다. 같은 종류의 나무끼리는 서로 홈을 파고, 짜여서 이어 만들었다. 사이사이에 아교풀로 붙이고 쇠못 대신 대나무 못을 박았다. 사포질을 하고 나서 부드러운 황토 가루를 물로 개어 바른 뒤에 마른걸레로 닦아냈다. 그 위에 니스나 락카 칠을 하여 광택을 내면 기본적인 작업은 끝나지만 가구의 종류에 따라 마지막에 쇠붙이로 만든 경첩이나 장식을 붙이는 작업이야말로 화룡점정畫龍點睛이었다.

소년의 집 큰방에는 커다란 장롱이 하나 있었다. 속은 오동나무, 겉은 느티나무를 다듬어 아버지가 손수 만들었다는 이 장롱은 크기도 보통 장롱과 비교가 안 될 정도로 컸다. 몸소 애지중지 하여 자주 기름걸레로 닦아서인지 옅은 거멍빛으로 장롱 표면이 유리알처럼 반들거렸고 원목의 목리가 아름답게 돋아 나왔다. 더 구나 곳곳에 붙은 검은 무쇠 경첩의 간결한 장식은 웅장한 장롱의 모양과 잘 어울려 더욱 돋보였다. 서랍장인 아래 단은 깊고, 윗 단인 이불장은 넓고 길었다. 소년은 가끔 서랍장을 열어 계단처럼 밟고 이불장으로 올라가서 혼자 장난을 치며 놀았다. 그러다 자기 도 모르는 사이에 그 속에서 잠이 들곤 했다.

아버지의 몸에서는 언제나 나무 냄새가 났다. 상큼한 나무 냄새 가 좋아서 소년은 아버지 뒤를 졸졸 따라다녔다. 소년이 초등학교 에 다니던 이때만 하더라도 나라 살림은 가난해서 대부분의 사람 은 모두 힘들게 살아갔다. 공무원들도 예외는 아니어서 의자의 방 석이 꺼지면 묵은 솜으로 돋우고, 책상다리가 부러지면 새 나무로 덧대어 고쳐 사용했다. 소년은 학교를 파하면 아버지를 따라다니 며 아버지가 일하는 관공서에서 놀았다. 아버지 주위를 돌아다니 며 연장도 날라주고 못도 골라 주었다. 납품한 가구 값이나 수리 한 가구의 수금 날이 되면 아버지는 소년에게 또박또박 견적서 청 구서 영수증 등 수금에 필요한 서류를 작성하도록 가르쳤다. 경리 과에 서류를 제출하고 노란색의 국고 수표로 수금을 했다. 수금할 때의 기분은 날아갈 듯 좋았다. 소년은 아버지 회사의 유일한 사 원이었고 조수였다.

세월은 알게 모르게 모든 것을 바꿔 놓았다. 회사가 있는 집은 어느 날 밤 화마에 휩싸여 흔적 없이 사라졌다. 흐르는 세월에 허리가 굽어도 아버지의 발걸음은 좀처럼 멈추지 않았다. 소년은 어느새 어른이 되었다. 아버지는 금세 시아버지가 되고 장인이 되었다. 목수 일도 그만두어야 했지만 대패와 톱, 망치가 신주처럼 모셔 있는 가방은 항상 아버지 손에 들려 있었다. 아들 집에는 페인트가 벗겨진 창문에 새 페인트를 칠하고, 딸네 집에는 흔들거리는 현관문을 바로 잡아 주었다. 아버지의 웃음소리에 어머니까지 덩달아 활짝 웃는 시절이었다. 가족들 모두는 세상에 비로소 뿌리를 내렸다 싶었다. 그러나 뿌리도 때가 되면 물기를 멈추는가. 어느 날 아침, 아버지는 한마디 말씀도 없이 홀연히 세상을 떠나셨다. 출근하자마자 부음을 접하고 황망히 달려와 잡아 본 아버지의 두터운 손은 아직 온기가 남아 있는 듯 따뜻했다. 북받치는 울음을 참고 마치 깊은 잠에 빠져든 듯 눈을 감은 아버지의 얼굴을 내려다보았다. 언제나 조용하고 평화스러운 생전의 모습이었다. 대패질을 하면서 온몸에서 나무 냄새가 날 때 그 얼굴 그 낯빛이었다.

아버지를 장송葬送하는 날, 그날은 일 년에 한 번 하늘 문이 열린다는 중양절重陽節이었다. 그날따라 하늘은 푸르게 열려 있었고 바람도 맑았다.

여름의 햇살이 반짝이는 어느 날, 무료했던 한나절은 기억의 한편에서 오랫동안 묵혔던 추억이 파노라마같이 펼쳐진다. 아버지는 홀연히 아무도 동행할 수 없는 나그네 길을 떠나셨다. 숱한 그리움과 추억 속에 남아 있는 아픔도 되돌아갈 수 없는 강물이 되었다. 보잘것없는 옹달샘에서 발원하여 실개천이 되고, 다시 굽이굽이 여울져 흐르다가 마침내 도도한 물결이 된 아버지. 그의 삶은 짧았지만 강물처럼 깊고 푸르렀다. 자신의 영혼을 안고 표연히 떠난 강가 바람이 흐느낀다. 그 강물 소리 내 가슴에서 들린다.

모과와 호박

태풍이 지나가고 난 뒤, 푸르름이 한결 깊어진 하늘에 그리움이 담긴다. 이때쯤이면 그 하늘 아래엔 여름내 튼실하게 자란 갖가지 결실들이 회억되어 눈에 밟힌다. 50여만 평이나 되는 너른 땅에 비록 사람의 손길이 닿은 부분이 적지 않지만, 구석구석에 아직도 사람의 손이 닿지 않고 오롯이 남아 있는 자연의 모습들은 계절이 바뀔 때마다 가슴에 더욱 절실하게 다가온다.

그곳에는 조경용으로 군데군데 심어놓은 감나무 대추나무 밤나무 자두나무 등 유실수가 소담스럽게 잘 자랐다. 특히 모과나무들은 유달리 보기 좋게 열매를 맺어 오가는 사람들에게 눈길을 끌었다. 골프 코스 가운데 제일 높은 위치에 자리 잡은 동EAST코스 5번 홀의 티잉 그라운드 주위에는 모과나무 너덧 그루가 심겨져 있다. 홀 길이가 4백여 미터나 되는 전체가 남쪽과 서쪽으로 활짝 열려 있어 종일 내리쬐는 햇볕으로 나무들이 튼실하게 잘 자랐다. 만추의 푸른 하늘 아래 소담스럽게 매달린 모과의 앙증스러운 자태는 골퍼들의 탐욕스러운 눈길을 받으면서 노랗게 익어간다.

모과는 '어물전 망신은 꼴뚜기가 시키고, 과일전 망신은 모과가

시킨다.'는 옛 속담에도 아랑곳없이 못난 모양이나 떫기만 한 맛을 어찌 과일이라 부를 수 있을까. 꽃말이 생동맞게 '유혹'이라지만, 다른 것은 제쳐두고 얼굴로만 뜯어보면 누가 그 얼굴에 선뜻 반하랴마는, 그 열매에서 뿜어져 나오는 상큼한 향기마저 어찌 떨쳐버릴 수 있으랴.

모과 향은 서리가 내리고 나뭇가지에 매달렸던 푸른 잎이 거의 떨어질 때가 되면 절정에 이른다. 향기는 홀 전체를 넘어 이웃 홀까지 가을바람에 넘나든다. 어쩌다 떨어진 열매들이 잔디밭에 뒹굴고 있으면, 골퍼들은 골프를 치다 말고 빈 주머니에 주워 담기 바쁘다. 빈 주머니에 담아봤자 울퉁불퉁하게 모난 것이 몇 개나 담기랴.

하지만 나무에 가지가 휘도록 열렸던 모과는 채 익기도 전에 골프채에 맞거나 나무를 흔드는 짓궂은 장난으로 흔적도 없이 사라진다. 사람의 욕심에 어찌 냄새만 맡으려고 하늘에 매달린 모과에 콧구멍만 벌렁거릴까. 가을이 익어가면 골프장의 유실수는 이미 멤버들의 몫. 익은 결실들을 주워 담은 불룩한 주머니를 내보이며 어린아이처럼 좋아하는 사람들을 보면 나까지 덩달아 행복해진다.

곳곳의 남은 빈터에 늙은 호박을 많이 심었다. 군데군데 크고 작은 묵밭이 늘려 있어 심을 장소는 부지기수였다. 호박은 봄에 거름을 한 노지에 직파했다가 한여름 동안 무럭무럭 덩치를 키운다. 비와 바람을 맞고, 뙤약볕 내리쬐는 땅바닥에 뒹굴며 속을 채우고 몸집을 갖춘다. 아침저녁 바람이 서늘해지기 시작하면 잎이 지고 나서도 마른 줄기에 매달리며 죽자고 버틴다. 그래서 다 익은 호박은 색깔이 노랗다 못해 군데군데 흰색의 가루가 묻어난다.

가을걷이를 하고 나면, 늙은 호박이 족히 2~3백 개는 되었다. 큼지막한 보물덩이 같아서 먹지 않고 쳐다만 봐도 배가 부르다. 장정이 한 번에 두 개를 들기도 버거운 무게라면 크기가 얼마쯤 되는지 짐작할 만하지 않은가. 클럽하우스 현관 앞에 산더미처럼 쌓아 놓았다가 귀가하는 멤버의 승용차에 하나씩 실어주면 모두 입이 함박처럼 벌어진다. 호박을 돈으로 따지면 몇 푼이나 될까마는 주고받는 마음이 하늘 같은데, 어찌 종이돈 몇 장으로 셈만 하겠는가.

그중에 얼마쯤은 칼로 썰어, 씨는 걷어내고 별도로 말려 보관했다가 겨울이 되면 호박죽을 끓여 손님들에게 공짜로 제공한다. 겨울이 가까워지면 손님들은 호박죽은 언제부터 주냐고 전화로 성화다. 그런 전화는 유별나게 나를 찾아 묻는다. 행여 바람맞을까 미리 한 약속이라고 겁박할 요량인가. 그 덕에 다른 메뉴의 음식도 팔 수가 있어 나름대로 식당 수입이 짭짤하다. 호박 행사는 십년의 세월이 지나도 한 번도 거르지 않은 연례 행사였다.

사람들은 못생긴 사람을 빗대어 '호박꽃도 꽃이가?' 하고 묻는다. 호박을 어쩌자고 꽃으로만 비교하나. 호박꽃도 꽃이다. 많은 식물이 그러하듯이 암수 꽃이 한 가지에 피어 수정이 이루어지고 열매를 맺는다. 호박은 몸통 전체가 버릴 게 하나 없는 식물이다.

열매 씨 잎 꽃들이 어느 것 하나 빠지지 않은 약이고 음식이다. 그런데도 생긴 모양 때문에 괄시를 받다니, 아무리 생각해도 억울한 노릇이다.

'못생긴 걸 호박에 비기는 건 아무것도 모르는 도시 사람들이 지어낸 말이다. 늙은 호박에 비한 거라고 해도 그건 불공평하다. 사람은 의당 늙은이하고 비교해야 할진대 사람의 노후가 늙은 호박만큼만 넉넉하고 쓸모 있다면, 누가 늙음을 두려워하랴.'
        – 박완서의 〈그 많던 싱아는 누가 다 먹었을까?〉 중에서

박완서 선생의 글을 읽으면 느낌이 새삼스럽다. 사람이 늙어가면서 심성이 호박만큼만 넉넉하면 얼마나 좋을까. 온화한 달덩이 같은 모습으로 평온하게 살아 보거라. 수박에서 줄을 빼어 호박 되겠다고? 그렇다고 호박에 줄 그어서 수박될 생각은 추호도 없다. 천만의 말씀이고, 만만의 콩떡이다. 걱정일랑 거두어라. 지리산 골짜기처럼 움푹 팬 못난 얼굴이라도 그냥 이대로 살란다.

하필이면 이 청정한 계절에, 서로 닮지도 않은 두 얼굴이 뭇사람들에게 억울하게 핍박을 받는 것은, 어쩌면 선천적으로 비슷하게 타고난 운명인지도 모른다. 그들은 서로의 잘못된 운명을 풍성한 가슴으로 받아들인다. 사람들은 스스로 잘생겼다고 폼만 잡을 게 아니라 나이를 먹어갈수록 그들에게서 사는 법을 배워야 한다. 일찌감치 모서리 없이 둥글고 넉넉하게, 향기로운 세상을 만들어

가는 그들의 지혜를 본받았더라면, 이 지구에서 그 많은 사람들 사이의 증오와 갈등도 멀리 사라지지 않았을까.

장마가 오는 날

오늘부터 장마가 온다는데 비는 아직 하늘에 머물고 있다. 정류소에서 한참을 기다려 버스를 탔다. 의외로 차 안이 붐벼 차가 달릴 때마다 잡은 손잡이가 이리저리 흔들리면서 몸까지 휘청거린다. 들고나온 우산이 거추장스럽다. 오늘따라 나이 많은 늙은이에게 자리 양보하는 사람도 없다. 모두 두 눈을 내리깔고 핸드폰을 만지작거리거나 무심히 창밖으로 눈길을 돌리고 있다. 아무래도 눅진한 차 안 분위기로 보아 금방이라도 시원한 빗줄기가 한바탕 쏟아질 것 같다.

전부터 몇 번이나 오고 갔던 약속 장소라 몇 차례 버스를 타고 가봐서 어느 곳에 내려야 한다는 것쯤은 알고 있다. 그 정류소에 내리기만 하면 그 집은 대번에 찾을 수 있을 것이다. 오늘도 차 안의 안내 방송을 들으며 내릴 정류소를 가늠하고 있었다. 그러나 정류소를 여러 개 지나쳤는데도 내려야 할 귀에 익은 이름은 없었다. 무언가 이상하다고 머리를 갸웃거릴 사이, 버스는 어느새 생판 모를 길을 달리고 있었다. 혹시나 하여 사람들 틈을 비집고 가서 운전기사에게 물어보려다 말고 차에서 그만 내리고 말았다. 내가 내릴 정류소를 지나친 것은 틀림없어 보이는데 버스 기사나 차 안의 사람들 시선이 부담되고 그사이에 길은 더 멀어질 수밖에 없었기 때문이다.

다행히 비는 내리지 않았으나, 가끔씩 스치듯 가랑비가 지나가면서 마치 고도에 유배된 죄인처럼 적막감을 안겨다 주었다. 사방을 둘러보아도 주위가 생소한 곳이라 할 수 없이 마침 지나가는 사람을 붙들고 내가 내려야 할 정류소를 물어보았다. 그 사람은 그 정류소까지는 되돌아 걸어서 20분쯤은 능히 걸릴 것이라 했다. 고맙게도 일부러 한참을 걸어서 큰길까지 안내해 주면서 내가 타고 온 버스는 최근에 노선이 일부 변경되었다고 귀띔해 주었다. 이제 무작정 걷는 일만 남았다. 다행히 출발할 때부터 다소 시간이 여유가 있어 서둘기만 하면 약속 시간에 크게 늦지 않을 것 같았다.

이틀 전, 국장의 전화를 받았다. 모레 저녁 6시까지 약속한 식당으로 오라는 말만 했다. 무슨 일이냐고 물었더니 '와 보면 안다.'고만 했다. 요즘은 몸이 신통치 않아 술을 못 마신다고 했더니 '와서 앉아만 있어라.' 하며 제 말만 내뱉고는 전화를 끊었다. 시장 안에 있는 식당은 국장과 몇몇 시장통 사람들이 자주 모여 세월을 보내는 곳이다. 국장은 명색이 이름깨나 알려진 문인이다. 평소 성격이 소탈하여 여러 사람이 그를 따랐다. 그래서인지 그곳 사람들과 형 아우 하며 허물없이 지냈다. 국장이라는 호칭도 그들이 지어주었다. 무슨 연유로 부르게 된 지는 알 수 없으나, 이름이 개똥이면 어떻고 소똥이면 어떠랴. 내가 알아들었으면 그걸로 족하다.

문우들도 가끔씩 가서 어울리며 소맥 몇 잔으로 목을 축이고 잘 삶긴 오리백숙 다리를 뜯는다. 때를 가리지 않고 우리 사이에서 식당에서 만나자며 사발통문이 돌면 그날 벌어질 일이 대충 짐작이 간다. 한두 번 주머니를 털어 술을 사기도 하지만 얻어먹은 데 비하면 턱도 없이 모자란다. 여기서처럼 여러 부류의 사람들과 주고받는 말들은 알게 모르게 긍정적인 활력을 불러일으키며 한동안 묵었던 마음의 상처들을 씻어 내린다. 이런 계기들을 마련한 국장과의 인연은 장장 60년을 훌쩍 넘긴 소가죽같이 질긴 사이로 엮어져 있다.

언제 도착하냐는 성화에 우산을 지팡이 삼아 열심히 걸었다. 등에서 땀이 배어 나오고 이마에서는 끈적한 물기가 묻어난다. 누군가가 자주 듣고 많이 걸어라 했는데, 나는 종종 이 사실을 까맣게 잊어먹고 오늘처럼 내려야 할 정류소를 그냥 지나치듯 수없는 기회들을 도량 없이 보내고 나서야 비로소 그것의 소중함을 알아차렸다. 먹고 사는 일에 정신이 팔려 마치 춤추는 바람 풍선처럼 흐느적거리며 살다가 결국에는 제 몸 간수하기도 벅차 허겁지겁하며 그 많은 아까운 날들을 속절없이 보내지 않았던가. 하루가 다르게 자글자글 늙어가는 몸, 가끔 아들이 주는 봉투를 손으로 만져보는 두께의 촉감에 마음이 쓰이고, 집에 있기가 눈치 보여 바쁜 척 호기롭게 나와서는 시장 바닥에서 김밥 한 줄로 점심을 때우기도 한다. 가는 곳마다 하잘것없는 방문자가 되어 기웃거리는 무리 중에 낀 한 사람. 며칠 전, 우주로 쏘아 올린 누리호처럼 지난 영광이 별과 함께 다시 오기를 바랄 뿐이다.

식당에 모인 사람은 열 명이 되었다. 좁은 식당이 북적댔다. 때묻은 탁자 위에는 이 집이 자랑하는 묵은 김장김치와 주메뉴인 속살이 흐늘거리도록 삶아 낸 오리가 찹쌀죽에 몸을 담그고 통통한 허벅지를 하늘로 쳐들고 누웠다. 오늘의 모임은 국장의 생일 자축연이다, 참석한 사람들은 오늘이 국장 생일인 줄 아무도 몰랐다 한다. 그 흔한 케이크나 생일 선물 하나도 없이 모두 빈손으로 왔다는 이야기가 아닌가. 빈손이 부끄러운데 굳이 건배사를 하라는 말에 언뜻 생각나는 말이 없어 쉽게 나오는 말로 '건강하게 오래 살아라.' 했더니 좌중이 한바탕 웃고 만다. 요즘 세상에 그것만큼 더 좋은 덕담이 어디 있으랴. 대신에 나에게 되돌아온 술잔은 후래삼배, 늦게 온 벌주다. 와서 앉아만 있으라더니 어인 일인고. 장마가 오는 날 저녁나절에 시장통에서 왁자지껄 저녁 한때가 지나간다. 술이 몇 순배 돌아가자 어떤 사람은 손 흔들며 달아나고, 어떤 사람은 무엇이 못마땅해 삐지어 소리 없이 사라진다. 모두 다른 풍경을 지닌 얼굴들이다.

국장은 요즘 모든 것을 내려놓고 살아 보니 마음이 편하다 했다. 그러면서 버릴 생각은 접어두고 부둥켜안을 생각만 한다며 나를 몰아붙인다. 정 선배는 요즘 내가 잊고 있던 시를 다시 쓰기를 권한다. 학원에서 서예의 꽃이라는 예서를 시작한 지 엊그제인데

몸은 고달파도 할 일은 많다. 그래도 시간의 징검다리를 놓아야 한다. 국장의 말대로 이제 안고 있는 짐들을 미련 없이 내려놓을 때가 점점 가까이 다가오고 있지 않은가.

집으로 가는 길, 동해남부선 열차가 서서히 불을 밝히고 다가오더니 고달픈 육신을 담아 싣고 어둠 속으로 아스라이 사라진다.

어떤 만남

토요일이라는 핑계로 늦은 아침밥을 먹고 집을 나섰다. 오늘은 그동안 별러 왔던 대로 스님을 만날 작정이다. 떠나기에 앞서 오래전에 보아두었던 가게에서 호두과자를 사 가려고 마음먹는다. 노스님이 달달하고 고소한 호두과자를 좋아할 것이라고 짐작했기 때문이다. 희미한 기억을 더듬어 호두과자 가게를 찾았으나 어디론가 사라지고 그 자리에 낯선 커피 카페가 들어서 있었다. 혹시나 하여 주위를 헤매다 허탕을 하고 할 수 없이 제과점에서 케이크 두 상자를 사서 배낭에 넣었다.

지하철을 타려고 2호선 개찰구를 찾았다. 얼핏 보이는 한쪽 모퉁이에 사람 셋이 기계를 놓고 호두과자를 굽고 있는 가게가 보였다. 나는 여태 이 가게를 옆에 두고 엉뚱한 곳에서 헤매고 다닌 것이다. 그러나 지금 와서 후회하면 무엇 하겠는가. 이미 호두과자 대신 케이크가 내 배낭에 들어 있는 것을.

사상역에 내려 경전철로 바꿔 탔다. 인제대역에 내리니 시간은 벌써 오후 한 시가 임박했다. 종무소에서 알려준 약속 시간을 지키기에 마음이 다급했다. 달포 전에도 예고 없이 왔다가 스님이 출타 중이어서 헛걸음만 하지 않았는가. 그 덕분으로 모처럼 흠뻑 취하게 신어산 가을 정취를 값진 대가로 받았지만. 오늘은 점심조차 거른 채 다시 콜택시를 불러 타고 부랴부랴 은하사로 향했다.

은하사 대성 스님과의 인연은 지금부터 30여 년 전으로 거슬러 올라간다. 200여만 평의 광대한 부지에 조성되는 '신어산종합개발사업'이 본격적으로 시행되었을 즈음이다. 부진한 토지매수와 지역 주민의 반발에 부딪혀 힘들어하고 있을 때, 가끔 현장과 가까이 있는 은하사를 찾아서 스님을 뵙고 도움을 청했다. 그때의 스님 말씀을 금과옥조로 삼았다. 스님은 만날 때마다 따뜻한 차를 손수 따라 주시면서 위로와 격려의 말씀을 들려주셨다. 은하사가 위치한 바로 코앞에 자연을 훼손하는 대대적인 토목공사를 허가해 준 행정당국에 대하여 신랄하게 비판하면서도 나에게는 지역 주민들을 잘 다독여 무리 없게 하라는 당부의 말씀을 하셨다. 사업은 몇 년 동안 우여곡절을 겪었으나 다행히 성공적으로 끝났다. 얼마 후 나는 신어산을 떠났다.

세월이 훌쩍 넘었지만 그동안 이곳을 기억에서 지워 본 적이 한 번도 없었다. 기억을 되새길 때마다 스님의 모습이 떠올랐다. 신어산이 품고 있는 은하사에 가면 대성 스님이 계신다는 믿음이 나의 의식 속에 깊게 뿌리를 내리고 있었다.

종무소에 들러 스님의 처소를 확인하고 절간 한쪽의 작은 대문을 열고 스님을 찾았다. 방문을 열고 나오신 스님은 오랜 세월이 흘렀건만 모습은 옛날 그대로였다. 조금은 얄팍한 입술, 작지만 영매한 눈, 그리고 광대뼈가 약간 불거진 볼에 뽀얗게 살이 올라 한결 건강해 보였다. 아마 사소한 불사는 주지에게 맡기고 회주로 만 남아 주석駐錫한 탓이리라. 탁자를 사이에 두고 삼배를 올리고 내가 여쭈어보았다.

"스님, 저를 모르시겠습니까?"

"글쎄, 기억이 없는데…."

스님은 고개를 갸우뚱하며 가만히 나를 쳐다보았다.

"제가 30여 년 전에 아무개 회사에 근무하던 아무개입니다."

"아, 그렇던가요? 나는 기억이 가물가물하네."

나는 스님을 뵙기 전에는 나를 보는 순간, '이기 누고? 아무개 아이가!' 하고 깜짝 놀라며 덥석 손이라도 잡아줄 줄 알았다. 그런데 스님은 기억을 깨워드려도 한동안 오리무중이었다. 오랫동안 은하사를 생각할 때마다 스님의 모습을 기억했지만 스님에게 '나'라는 존재는 이미 오래전에 기억에서 지워 버리고 없었다. 내 속에 남아 있던 기억의 탑이 허무하게 무너져 내리고 있었다. 잠시 기도하러 법당을 들르는 불자처럼, 오다가다 옷깃을 스치는 인연으로 만나는 여느 사람들처럼, 그렇게 만날 수는 있겠지만, 내가 스님을 만나고 싶은 마음처럼 스님이 나를 잊지 않고 기억할 특별한 이유는 없었을 것이다. 여태 내가 너무 내 생각만 했나 보다. 더구나 그때는 중씰한 장년이었던 나를 이제 산수傘壽의 문턱을 넘은 자글자글한 몰골을 보고 어찌 옛날의 모습을 기억하시랴.

스님은 옛날처럼 차를 우려내어 찻잔에 따랐다. 그리고 탁자 위의 비닐봉지에 든 뻥튀기 과자를 봉지째로 내놓으며 먹어보라고 권한다. 쟁반처럼 둥글고 납작한 과자를 씹으면서 잠깐 스님에 대한 옛날 기억의 조각들을 맞춰본다. 80년대 한때, 나라의 곳곳에서 학생운동으로 몸살을 앓고 있을 때, 스님은 운동권 학생들을 모아놓고 토론을 벌였다는 소문이 파다했다. 정부의 정책을 신랄하게 비판하는 등 강골한 스님으로 지역 사람들의 입에 오르내리는가 하면 언제나 쓴소리를 마다치 않는 당당한 모습의 스님이었다. 오늘도 그때나 다름없이 "요즘 정치하는 사람들은 교만하지, 아주 교만해." 하시면서, 백두대간이 한군데 성한 곳 없이 개발이라는 이름으로 자연을 훼손한다고 질책했다. 그때나 지금이나 정치를 불신하는 생각이 많으신 스님이시다.

나는 배낭에서 사 가지고 온 케이크 상자를 내밀었다. 스님은 벙글 웃으시면서 케이크를 칼로 잘라 한입 덥석 물고는 '이거, 맛이 있네.' 하고 허허 웃으신다. 호두과자 대신에 케이크라도 사 온 것이 천만다행이다. 한참이 지나서야 지나간 기억들을 하나씩 들춰내고 이야기가 오가면서, 요즘도 서도를 가까이하시냐고 물었더니 매일 새벽에 한 시간씩 습작한다고 하시면서 옆방에서 습작품을 한아름 들고나와 펼쳐 보인다. 연필로 바둑판같이 줄을 그은 화선지에 한 자 한 자 빼곡히 채운 서체는 옛날에는 주로 행서를 쓰셨는데 지금은 모두 초서로 쓰셨다. 네모난 칸에 꼼꼼히 박아 쓴 한 자 한 자가 습작임에도 그어진 줄 칸에서 한 획도 벗어남이 없었다. 글씨체에서 느끼듯, 스님이 은하사에 주지로 계신 지

반세기의 성상이 지났고, 법랍法臘이 예순 넘도록 끊이지 않는 열정과 강건한 뚝심은 오래전부터 대웅전 하나만 댕그라니 있던 절간이 오늘의 대가람을 이루게 한 원동력이 아닌가. 내년 봄 신어산에 꽃물이 들면, 다시 은하사를 찾아야겠다. 그때는 호두과자를 사 와야겠다.

해가 기울기 전에 떠나야 할 것 같아 하직하러 일어서는 나의 손에 책 한 권을 들려주신다. 여태 불자들에게 써 준 휘호들을 포함하여 평생 귀감이 될 성어들을 모아 손수 편저하셨다는 《西林故事成語集》이다. 대문 밖까지 따라 나오시며 스님은 "우리 사이가 보통 인연인가. 부디 건강 잘 살피세요." 하고 당부하신다. 절간 계단을 밟고 나오면서 돌아보니, 번쩍 손을 들어 보이는 스님의 등 뒤로 병풍처럼 펼쳐진 신어산 암벽 자락에 짙은 가을이 30여 년 전의 푸른 하늘을 이고 아직 거기에 머물고 있었다.

종접하는 유부초밥

그 아이는 나의 손자 중 한 녀석이다. 올봄에 초등학교 5학년
이 되었다. 위로 고등학교에 진학한 누이가 한 명 있다. 아
이의 아비, 어미가 맞벌이를 하고 있어 두 아이는 태어날 때부터
강보에 싸인 채 데려와서 네 살 때까지 우리 집에서 자랐다. 그러
다 보니 모두가 제 할머니를 좋아한다. 특히 이 아이는 어릴 때
밤낮이 바뀌어 낮에는 종일 자고 밤만 되면 울어서 뜬눈으로 밤을
새우기 일쑤인 아내가 곤혹을 치렀으나, 그것이 두 사람의 인연을
더욱 굳게 한 탓인지 자라면서 서로가 끔찍하게 좋아해서 나를 어
리둥절하게 만들곤 한다. 아이가 첫돌을 맞을 때쯤 부처님은 아내
를 통하여 '해동'이라는 법명을 지어주셨다. 아내는 손자 이름 대
신에 법명을 부르는 우리 집안의 유일한 사람이 되었다. 그래도
가족끼리는 그 법명이 누구의 것인지 다 안다.

해동이는 한 달에 두어 번씩 주말을 이용하여 제 아비, 어미와
함께 와서 하루를 보내고 간다. 두 늙은이의 무료한 시간을 그들
네 식구가 와서 사람이 사는 집으로 만들어 주고, 아이들은 올 때
마다 나와 제 할머니의 팔다리와 어깨를 주물러 주고 간다. 그럴

때마다 아내는 시원하다고 자지러진다. 둘이는 껌딱지다. 우리 내외는 은근히 아이들이 오는 주말이 기다려진다. 한바탕 재롱을 떨고 제집으로 돌아갈 때는 제 할머니의 사랑을 한 바가지 안고 간다. 작년 여름 방학 때 해동이는 나와 며칠을 같이 지내다 가면서 시 한 수를 지어내 책상 위에 놓고 갔다.

> 하교하며 하늘을 본다/ 찬란한 빛을 가리는 구름/ 구름 속에 가려진 빛/ 저 하늘 위에 달도/ 구름에 가려져/ 자기 밝음을 뽐내지 못하는데/ 나는 언제쯤 거쳐/ 빛나는 날이 올까?
>
> – 〈하늘〉 전문

어린아이가 여느 맞벌이 부모들 대부분이 그러하듯 세밀한 뒷바라지가 변변치 못하는데 학교 수업과 고된 과외 수업으로 애면글면 애쓰는 걸 보면 측은하고, 그래도 별 탈 없이 씩씩하게 이겨내는 것이 대견스럽다.

해동이는 취미로 종이접기를 한다. 언제부터 배웠는지 알 수 없지만, 아무런 교재도 없이 다양한 색깔의 팬시 페이퍼를 접는다. 가위로 자르고 풀로 붙여 우람한 무장 갑옷을 입은 우주의 전사를 탄생시키기도 하고 탱크, 기관총, 자동 소총 등 각종 무기를 만들어 내 책장 위에 진열시킨다. 벌써부터 네이버의 페이퍼 빌드 공식 카페에 '종접하는 유부초밥'이라는 닉네임으로 이름을 올렸다. '종접'이라는 말은 종이를 접는다는 말을 줄인 것으로 짐작하지만

'유부초밥'은 무슨 의미냐고 물었더니 싱긋 웃고 만다. 요즘은 빌드 임펄스와 아스트레이를 능가할 만한 새 작품을 만들고 있다 한다.

종이접기란 본래가 손을 많이 쓰는 정교한 작업을 통해 두뇌의 활동이 촉진되고 집중력이 강화된다고 알려진다. 또한 오감 발달에 도움을 주어 부모들이 무작정 말리기에는 취미생활이 건전하여 자식들에게 시시콜콜 참견하지 않고 그냥 두는 것 같다.

어느 날 유부초밥이 자기가 만든 작품을 학교 친구들에게 돈을 받고 판다는 말에 나는 깜짝 놀랐다. 작품의 크기에 따라 5백 원에서 2천 원까지 받아 용돈으로 쓰고 제 부모에게 포장 떡볶이를 진상해 드렸다 하니 말문이 막힐 수밖에 없다. 내가 돈을 받지 말고 공짜로 선물하는 게 좋지 않을까 했더니 유부초밥은 단호하게 말한다. 첫째, 친구들이 탐을 내서 돈을 주며 만들어 달라고 간청했고 둘째, 몇 시간씩 고생하여 만든 작품을 그냥 줄 수는 없고 셋째, 학교 선생님이 수업 시간에 가르쳐 주신 경제활동을 실천하는 것이므로 더더욱 공짜로 줄 수 없다는 이유를 말한다.

그렇다. 이제 겨우 초등학교 5학년 어린아이가 학교에서 배운 대로 나름대로의 경제원칙을 철저히 실행하려는데 무슨 말을 더 보탤 것인가. 내가 저 나이쯤에는 경제라는 말이 무슨 뜻인지 알지 못했고 관심도 없었다. 더구나 요즘처럼 어느 곳에서나 흔하게 사람의 입에 회자되는 일도 드물었다. 각다분한 세상에 낙오되지 않고 꾸려 나가는 방법은 자라나는 아이들부터 일찌감치 경제를 익힐 수밖에 없어 보인다.

　인간의 생활은 물질의 수단 없이는 한 걸음도 지탱할 수 없다. 인간과 자연, 인간과 인간과의 기술적, 사회 제도적 문제가 결과적으로 재화와 용역을 만들어 내고 사용하는 것이 경제활동이다. 유부초밥은 학습한 대로 많은 시간과 노력을 할애하고, 재화를 제공하여 페이퍼 빌드 로봇을 만드는 것이다. 손수 완성된 자기 작품을 보고 희열을 느꼈을 것이고, 그것이 다시 재화가 되어 되돌아왔을 때 무한한 성취감을 느꼈을 것이다. 엄격하게 경제활동을 실천한 셈이다.

　세상은 나도 모르게 끝없이 변해 간다. 마치 실개천으로 흘러간 물이 만경창파 바다로 변하듯 세월은 그렇게 흘러가고 변하는 것이다. 해동이도 종접하는 유부초밥도 나의 경제 선생이다.

빵상

우리 집 아침 밥상이 빵상床으로 변신했다. 올여름까지만 해도 여느 집처럼 밥에다 국, 김치 등 몇 가지 반찬으로 차려진 평범한 밥상이었다. 지난가을 초입 어느 날이다. 아내는 느닷없이 의외의 말을 끄집어낸다. 처음에는 아내의 말이 하도 생뚱맞아서 한동안 긴가민가했다. '세 끼의 끼니때는 어김없이 찾아오는데, 하루 종일 밥 짓고, 반찬거리를 사다가 끓이고, 볶고, 구워 만들기도 신물이 난다. 날마다 먹다 남긴 음식물을 냉장고에 넣었다가 다시 꺼내 먹는 것도 지긋지긋하니 하루에 한 끼쯤은 산뜻한 서양 조식으로 바꿔 보자.'는 것이다.

요즘 들어 아내는 한 살 두 살 쌓여가는 나이도 억울한 참에 코로나의 고통까지 겹쳐 심신이 어지간히 지쳐 보였다. 간혹 밥상을 차릴 때 구시렁거리긴 해도 으레 그러려니 했더니 결국 쌓인 불만으로 예상도 못 했던 불씨에 불을 지핀 것이다. 그 말의 의미는 아침 밥상 대신에 '아점' 수준으로 대충 때우자는 것도 아니고 아예 대대로 살아온 시골의 초가집을 버리고 도시의 아파트로 이사가서 살자는 말이나 매한가지가 아닌가. 나도 허구한 날 같은 밥상을 마주하는 심정이야 아내와 별로 다를 바 없지만, 태어나서 지금까지 조상 때부터 내려받은 밥상을 하루에 한 끼라도 바꾸는 일이 그렇게 쉬운 일인가. 비록 꼰대라는 말을 들을지언정 그릇에 오롯이 담긴 밥의 위엄을 얄팍한 접시에 담긴 빵의 가벼움으로 대신하다니. 그러나 아내의 제안을 무조건 마다할 수 없다. 시장이나 마트에 갈 때마다 장고를 거듭하며 꼬장꼬장하게 셈을 가르고 한 번 맘을 먹으면 꺾이지 않는 외곬이다. 쉽게 마음이 바뀌지 않을 것임은 불을 보듯 뻔하다.

나는 직장생활 동안 회사 식당에서 일주일에 한두 번쯤은 서양 조식으로 아침 밥상을 대신한 경험이 있다. 하지만 아내는 고작 외국 여행 중에 호텔에서 먹은 뷔페 식사의 경험밖에 없다. 그런 아내가 아침마다 생소한 빵식을 차린다 한다. 그래도 언제쯤이면 아내의 결심이 허물어지는 때가 올 것이라는 막연한 기대감을 갖고 계속 지켜보기로 했다.

아내의 결심대로 빵식을 시작했다. 당초 계획에 맞춰 아침 밥상을 대신한 만큼 무엇보다 충분한 영양을 제대로 갖춰야 한다. 생활비를 절약하자는 구호 아래 식단을 바꾸거나, 건강이 문제가 되어 바꾸는 것이 아니다. 기본 메뉴로 빵은 호밀 토스트나 바게트에 계란, 토마토는 필수, 햄이나 소시지 또는 베이컨으로 하고 음료는 우유나 커피로 정했다.

식단을 바꾼 첫날부터 나는 실험실의 청개구리처럼 빵식 때문에 내 몸에 일어나는 반응을 살핀다. 며칠 후 아내에게 한 가지 제안을 던진다. 밥이 빵으로 바뀌면 국 대신 뭔가 바뀌는 게 있어야 하는 것. 밤새 잠을 자고 난 아침에 까칠한 빵을 먹기에 앞서 따뜻한 수프라도 속을 데우면 건강에도 좋을 것 아닌가. "수프 만들기가 귀찮으면 마트에서 인스턴트 제품으로 사서 먹자." 사실 나는 따끈한 콩나물국이 먹고 싶었다. 아내는 한참 생각하더니 다음날 국산 인스턴트 수프와 한 개를 사면 한 개를 덤으로 주는 특별할인 행사 제품을 사 왔다. 양송이, 감자, 옥수수 등 종류가 다양한 수입품이었다. 먹으면 속이 후련한 콩나물국은 아니었지만 다행히 따뜻한 수프가 금상의 첨화로 식탁을 한결 듬직하게 만들었다. 며칠이 지나면 아내는 틀림없이 '아내표' 수프를 만들 것이다. 수프 때문에 지갑 속의 카드를 계속해서 긁지는 않을 테니까.

그럭저럭 빵상은 대충 구색을 갖춘 셈이 되었다. 때에 따라 점심은 고기나 생선 요리를 출동시키면 런치lunch가 되고, 거기에 맞춰 촛불을 켜고 와인을 소환하면 근사한 디너dinner가 될 것이다. 자주 삶은 감자나 옥수수, 채소로 샐러드가 곁들여져 빵으로 먹는 방식이 달라지기도 한다. 아침 식탁이 바뀌니 점심, 저녁 식탁도 알게 모르게 변해 간다. 겨울이 지나가고 새잎이 움트는 봄이 되면 식탁이 또다시 계절에 맞춰 새로워지지 않을까.

어느덧 두 사람의 아침 식단은 한 달 중 일요일에 두어 번 손자녀석들이 오는 날이나 속이 불편하여 한 끼쯤 죽을 먹은 날을 제외하고는 변함없이 빵상이 되었다. 비록 식재료비가 부담될지 몰라도 먹다 남은 찌꺼기가 없으니 음식 쓰레기는 줄어들고, 특별

히 조리고 볶을 것이 없어 부엌 싱크대가 한결 깨끗해졌다고 아내
는 말한다. 식재료는 자연스럽게 누구든지 필요하면 마트나 시장
에서 사 들고 온다. 다만 아쉬운 것은 빵상 덕분에 내가 좋아하는
잔치국수나 칼국수를 자주 먹지 못하는 것이다. 밀가루 음식을 하
루에 한 번 이상은 먹지 말라는 불문율 때문이다.

아내의 초심은 변함이 없다. 그러나 사람의 마음을 누가 알랴.
갑자기 빵상도 싫증이 나서 옛날의 밥상으로 돌아가자는 말이 언
제 불쑥 나올지 알 수 없는 일이다. 어느 날 문득 밥그릇에 봉곳
이 담긴 기름진 쌀밥과 입맛에 익은 반찬이 그리워지면 또다시 원
상태로 되돌아가자고 강요할지 모른다. 아직까지는 두 사람 모두
가 도루묵을 먹을 생각은 전연 없어 보인다. 빵을 먹고 나서 생리
적 불편함도 없다. 오히려 두 사람이 마주 앉은 식탁 사이가 전에
없이 말랑말랑해지고 말소리가 한결 야들야들해져서 옛날처럼 정
신없이 숟가락 젓가락질만 분주하던 그때와는 사뭇 달라졌기 때
문이다.

빵상을 차린 지 벌써 백일이 훌쩍 넘었다. 나의 친구들은 우리
집 아침 밥상이 빵상이라 했더니 모두 고개를 절레절레 흔들고,
아내의 친구들은 "너거 영감이 좋아하더냐?" 물으며 모두 부러워
한단다.

요즘 밥 대신 빵 몇 조각 차 한 잔으로 쉽게 아침밥을 대신하는
사람은 부지기수로 많다. 그렇지만 평생 동안 익숙해진 아침 밥상
을 떨쳐내고 빵상을 택한 것은 내가 생각해도 대견하다 싶다. 자

화자찬의 속물근성이라고 치부하지 않기를 바란다. 내 딴엔 여태 껏 한번도 겪어보지 못한 변화를 받아들인 용기에 가슴 한구석이 뿌듯하다. 어느 누구도 마음만 먹으면 언제든지 할 수 있는 평범한 일상을 각자의 사는 방식에 맞춰 최선으로 선택했을 때 더욱 보람되고 빛나는 것이 아닐까.

2부

염장鹽藏

문우의 어머님이 별세하셨다는 기별을 받았다. 그룹 카톡에서 단체 조문을 간다는 공지가 떴다. 코로나 때문에 부의금만 부치고 조문을 대신할까 하다가 상주와의 남다른 인연이 있어 조문하기로 하고 장례식장을 찾아갔다. 대부분 장례식장을 가지 않고 미리 조문을 다한 때문인지 모인 사람은 겨우 일곱 사람뿐이었다. 장례식장 복도에 하얀 조화들이 빼곡히 늘어선 좁은 복도를 따라가다가 빈소에 들어선다. 향을 사르고 술을 따라 올린다. 일제히 재배하고 나서 상주에게 애도를 표하고 접대실로 안내되었다. 코로나로 상가는 어둑한 저녁이 되었는데도 우리 말고는 서너 사람뿐이어서 설렁하기만 하다.

옛날 같으면 상주는 '애고' 하며 곡을 하고, 고인과 핏줄이 닿은 문상객은 방바닥을 치며 호곡하여 이름 그대로 초상집 같았는데, 요즘 상가는 절간처럼 조용하다. 그때는 북적이는 사람들로 술판도 벌어지고, 오랫동안 소원했던 사람들도 여기서 만나지 않았는가. 밤늦게 온 문상객들은 끼리끼리 둘러앉아 고스톱을 치고, 이야기 마당도 펼친다. 그것은 겉은 그래도 속에 품은 뜻은 단순한 산 사람의 놀이가 아니었다. 흉한 일을 당해도 술을 마시고 밤을 새워 이야기하는 것은, 상주와 가족들이 슬픔을 딛고 다시 일상을 되찾고, 마음의 빈자리를 채울 수 있도록 도와주는 전통문화의 한 가닥이다. 그 덕분으로 바람난 가장은 초상집을 핑계 삼아 외박을 하고, 몇 번씩 우려먹다 들통을 낸 에피소드는 다반사였다. 세상이 바뀌어 가니 장례 모습도 변해간다. 이제 옛날의 모습은 사라지고 먼 이야기로만 남았다.

상가에서 마중 술을 마신 우리는 밖으로 나와 2차로 맥줏집에 들렀다. 술기운이 얼큰하게 돌자 누군가가 날짜 잡아 제주도로 여행을 떠나자고 제안을 했다. 이 자리에서 반대할 사람은 아무도 없다. 떠날 날짜와 비용 등 어림잡은 계획이 일사천리로 이어지고 참가자를 모집하기로 했다. 죽은 사람은 떠나도 산 사람은 남아 세상을 살아간다. 떠난 사람에 대한 슬픔은 병상에서 잠깐 오열하면 끝을 맺는다. 나머지의 슬픔은 언젠가는 아무도 모르게 여울물처럼 찾아올 것이다. 그것은 흐르는 세월 속에 두고두고 찾아와 가슴 깊은 곳에 미뭉하니 남을 것이다.

갑자기 포켓 속의 전화벨이 울린다. 아내다. 집에 오면 현관문 열쇠는 비밀번호로 열지 말고 벨부터 눌러라 당부한다. 이게 뭔 소리야.

"사모님이지예?"

옆자리의 M여사가 뻘쭘 웃더니 재차 묻는다.

"뭐라 하십니꺼?"

"현관문을 열지 말고 벨부터 눌러랍니더."

"우야꼬, 그게 무슨 소린교?"

"소금 뿌릴라꼬 하는 소리지예."

"아이구 죽겠다. 사모님 땜에 내사 몬산다."

그녀가 엄살을 떤다. 술판에 또 한바탕 웃음이 넘친다. 늦은 저녁에 우리는 건강하게 오래 살자며 파이팅을 세 번이나 외치고 헤어졌다.

집으로 오는 차 속에서 문득 며칠 전, 또래의 늙은이 몇이 모인 자리에 J군이 했던 말이 생각난다. "어떻게 죽을 것인가, 그게 제일 무섭다. H처럼 자는 듯이 죽으면 그게 최상인데, 그런 기회가 올려나?" H는 한 달에 한 번씩 만나는 친구다. 작년에 갑자기 세상을 떠났다. 그는 어느 날 부인과 같이 전라도 어느 조용한 곳으로 여행을 떠나고자 채비를 다 해놓고 차 시간이 조금 남아 부부가 소파에서 TV를 보며 앉아 있었다. 남편이 잠이 들었는지 갑자기 부인의 어깨에 무게가 실려 와서 '이 양반이 왜 이러나' 하고 옆으로 비켜 앉았더니, H가 힘없이 거실 바닥에 쓰러지는 것이었다. 그 길로 H는 마음먹었던 곳과 생판 다른 먼 여행길을 떠났다.

오늘 조문한 고인도 백수白壽를 몇 년 앞당겨 세상을 하직했다. 우리는 떠난 사람 나이의 잣대에 맞춰 '앞으로 살아갈 날이 적어도 십 년이나 이십 년은 남았구나.' 하고 셈할지 모른다. 그러나 죽음은 차례가 없다. 누구든지 살려고 하면 그때부터 죽음은 무섭게 다가올 것이고, 차라리 초연하면 두려움이 먼저 알고 사라지지 않을까 짐작해 본다. 오랫동안 집이나 요양병원에서 말년의 실낱같은 목숨으로 생명의 끈을 놓지 않으려고 아등바등할까 봐 그게 제일 무섭다. 가을이 깊은 어느 날 아침에 머리 감고 세수하고 스스로 이부자리에 누워 홀연히 떠나신 아버지나, 그리고 H처럼 그렇게 훌훌 떠날 수만 있다면 죽음의 두려움쯤은 가뭇없이 사라지지 않을까.

집에 돌아와 엉겁결에 현관문을 열었더니 안에 걸고리가 걸려 덜컥거린다. 그 소리에 아내가 현관문을 밀치고 나오면서 나를 돌려세우고는 마구 소금을 뿌려댄다. 아무도 알지 못하게 속마음으로 '잡귀야, 물러가라!' 하면서 그리고 아내는 끝으로 한마디를 더 보탤 것이다. '불쌍한 영혼을 위하여 신명은 부디 외로운 저들을 구제하소서.'

내 몸에 달라붙은 썩고 찌든 부패의 조각들이 한 겹 한 겹 허물처럼 벗겨지고 있었다. 하얀 소금 알갱이가 이리저리 튀면서 얼굴에도 묻고 속옷 속으로도 들어간다. 짠 소금이 온몸에 부딪힐 때마다 눈바람을 맞는 것처럼 상쾌해지면서 내 몸은 점점 염장鹽藏되어 가고 있는 느낌이다. 마치 한 마리 절여진 늙은 물고기처럼.

동백, 그 순절의 빛

계절이 사월로 접어드니, 바람은 세월을 실어 나르듯 벚꽃잎이 눈같이 흩날리며 땅바닥에 깔린다. 꽃잎이 날리는 바람 사이로 툭툭 동백꽃이 떨어진다. 떨어지는 꽃은 여느 꽃처럼 뿔뿔이 흩어지지 않고 온몸을 아래로 던지고, 땅은 오롯이 그를 받아 안는다. 때가 되면 스스럼없이 자신의 목을 베어버리는 동백은 언제 보아도 슬픈 영혼이다.

아파트의 현관에는 주민들이 오가는 통행로 한 귀퉁이를 비집고, 자연석 몇 개로 경계를 이룬 화단이 있다. 지은 지 30년이 된 탓으로 건물의 여기저기가 세월만큼이나 낡고 보니, 화단에 심겨진 나무조차 허룩하다. 수종이라야 고작 다섯 손가락에, 전체 나무 수량이라야 열 손가락으로 찍어 겨우 넘을 듯 빈약하기 짝이 없다. 그런데다 뻗어 나온 가지 때문에 사람들의 통행에 방해가 될까 봐 가위로 싹둑싹둑 잘라 놔서, 생김생김은 더욱 볼품이 없다.

그러나 손발이 잘린 나무들 중에서라도 유독 동백나무들만은 짙푸른 잎에 다홍 빛깔의 셀 수 없을 만큼 많은 꽃을 피우고 있어 단연 군계일학이다. 더군다나 보잘것없는 가지에도 불구하고 짙고 두터운 잎 사이로 루비처럼 박힌 꽃은 참으로 고혹적이다. 그래도 동백꽃은 결코 교만하지 않다. 한 번도 고개를 들어 하늘을 보지 않고 다소곳 아미를 숙인다. 그만큼 겸손하다. 공원의 벚나무가 꽃비를 내리면, 동백도 서서히 꽃이 지기 시작한다. 화단 앞을 지날 결에 한 송이 두 송이 땅에 동백꽃이 이울면, 짠한 마음에 가슴이 저며 온다.

몇 년 전, 해남 화원면에 있는 어느 조그마한 사립 중고등학교의 재단에서 한동안 이사장 직무대리로 겸직을 하며 일을 보고 있을 때, 학교 옆에 있는 재단 설립자의 산소를 찾은 일이 있었다. 잘 가꾸어진 무덤 주위는 전날 내린 눈으로 하얀 양탄자를 깔아놓은 듯 정갈하고, 산새의 발자국조차 얼씬거리지 않는 깔끔한 눈밭이었다. 어느 순간에, 눈 위에 그려진 그림 한 폭이 눈에 확 들어왔다. 무덤의 방풍목으로 빙 둘러심은 동백나무 아래는 밤새 몸째로 떨어진 동백꽃이 마치 끔찍한 살육의 현장처럼 붉은 피로 낭자했다. 그 광경은 눈 위에서 다시 꽃을 피우듯 햇빛에 반짝이는 은백색 위에 흰색과 붉은색의 강렬한 대비를 화폭 속으로 옮겨와서 액자에 든 그림처럼 오랫동안 기억으로 남았다.

동백꽃을 보면 언제나 명성황후가 떠오른다. 국모의 몸으로 무도한 일본 낭인의 칼끝에 눈부시도록 흰 속적삼 위로 붉은 피가 튀는 그 처절한 모습을 가슴 속에서 어찌 지울 수 있을까. 전장에서 장렬하게 젊은 목숨을 던진 병사처럼, 스스로 십자가를 지고 자기 목을 스스럼없이 내민 순교자처럼, 동백의 영혼은 엄숙하고 처연하다. 눈처럼 내리는 벚꽃보다 동백이 아름다운 것은 몸을 던져 떨어지는 순절 때문이리라.

초경의 선혈은 청순하고 무구한 순결의 상징이다. 다소곳 꽃봉오리가 벙글면 이제 소녀는 어른이 되어간다. 김유정의 단편소설 《동백꽃》의 점순이는 동백꽃 그늘 속으로 녀석을 밀어 겹쳐 쓰러졌다. 녀석은 '걱실걱실히 일 잘하고 얼굴 예쁜 계집애인 줄 알았더니 시방 보니까 그 눈깔이 영락없는 여우 새끼' 같게 보이기도 한 점순이의 어깨너머로 하늘을 올려다보면서, 두 사람을 빤히 내려다보는 동백꽃에 얼마나 낯이 뜨거웠을까. 알싸한 냄새와 함께 그녀의 치맛자락에 물든 자국은 꽃잎일까, 아니면 순결의 흔적일까. 물론 소설 속의 '동백꽃'은 노란색의 생강나무꽃이라 하더라도 '동백'이라는 낱말은 언제나 성결하고 청초하다.

꽃잎에 새겨진 사연으로 한 시절을 풍미했던 이미자는 가슴을 도려내는 아픔에 겨워 울고 떠난다. 동백의 사연은 구구절절 엮어가도 끝이 없다. 기쁘면 기쁜 대로, 슬프면 슬픈 대로 주야장천 강물처럼 흘러 마르지 않는다.

알렉상드르 뒤마의 소설 《춘희》는 역시 동백꽃 사연이다. 책의 원제목이 《동백꽃 아가씨》이기 때문이다. 항상 동백꽃을 몸에 지닌, 병든 창녀 마르그리트는 젊은 귀족 아르망을 사랑하지만, 눈물을 흘리며 그의 곁을 떠난다. 오직 사랑하는 남자를 위하여 육신과 영혼을 바친다. 결국 병을 이기지 못한 그녀의 창백한 손에서 동백꽃은 맥없이 떨어진다. 이후 베르디는 이 소설을 주제로 오페라《라 트라비아타》를 작곡하여 세상에 이름을 떨쳤다.

눈바람이든 꽃바람이든, 바랑에 지고 동백을 보려거든, 여월에 눈 내리는 날 강진에 가라. 다산초당에 들러 춘엽차椿葉茶 한 잔을 마시고, 노근이 심줄처럼 쭉쭉 뻗은 오솔길을 걸어, 만덕산 백련사에 가거라. 해월루를 지나면 오백 년 동백 숲이 거기 있다. 발품이 넉넉하면, 고창 도솔산 선운사에 가 보자. 극락교를 건너 대웅전에 닿으면, 그윽한 삼천 그루 동백 숲의 도타운 잎은 그늘에서 빛나고, 동박새는 중매하러 가지 속을 들락거린다. 꽃봉오리가 벙글면, 타는 듯 붉은 꽃과 짙푸른 잎이 흰 눈을 덮어쓰고, 당신이 오기를 기다린다. 영산홍 꽃물이 도솔산을 덮기 전에 어서 서둘러 가거라.

골마다 영산홍이 붉게 물들면, 동백꽃이 떨어져 자리를 비켜준다. 어느 시인은 '동백꽃을 보려거든 봄 눈 속을 걸어오라.' 이르지만, 우리 집 화단에는 한 해에 단 하루만이라도 흰 눈이 내리기는 영영 글렀나 싶다.

오랫동안 코와 입을 마스크로 가리고 겨우 두 눈만 말똥하게 살아 있는 요즘에, 동백꽃을 보는 것보다 더 큰 행복이 또 있을까.

밴댕이젓갈

가을 날씨가 맑고 바람도 한결 부드러운 오후다. 모처럼 보수동 헌책방에 들러 책 몇 권을 골라 살까 하고 채비를 하는데 느닷없이 아내가 책방 가는 길에 부평동 시장에 들러 밴댕이젓갈을 사 오라는 것이다. 곁들여 하는 말이 '전번에 사 온 것은 밴댕이는 적고 땡초만 많았으니 이번엔 특별히 밴댕이 고기를 많이 받아오라.'는 당부였다. 오늘은 서실의 습작도 땡땡이를 치고 가을바람에 맑은 햇빛 받으며 살방살방 가벼운 걸음으로 책방 나들이를 할까 했는데, 훈감한 책방의 분위기에 시장 바닥의 짠 밴댕이젓갈이라니. 도무지 어울리지 않은 조합이 아닌가. 어쨌든 아내의 지엄한 한마디에 속절없이 무거운 부담만 안게 되었다. 버스를 타고 가는 동안 나는 줄곧 밴댕이에 대한 생각과 아내의 당부 때문에 차창 밖의 푸른 하늘을 바라보는 즐거움조차 사라지고 말았다.

밴댕이젓갈은 내가 즐겨 먹는 반찬 중 하나다. 밴댕이와 매운 땡초를 곁들여 곰삭힌 젓갈은 그 맛이 웅숭깊은 시 한 구절처럼 감칠나고 맛깔스럽다. 고소하고 짭조름한 풍미와, 입안이 화끈하게 매운 땡초가 어우러져 수어지교水魚之交의 절묘한 조화를 이루어 낸다. 여름 동안 떨어진 식욕을 돋우어줄 뿐만 아니라 한 숟가락 뜨거운 밥술에 살점 한 점 얹어 먹으면 밥 한 그릇쯤은 마파람에 게 눈 감추듯 한다. 나는 그동안 객지 직장생활로 회사의 식당 밥에 익숙해 있어 밴댕이젓갈 맛을 까맣게 잊고 있었는데 어느 날 아내가 느닷없이 젓갈을 사 들고 와서 오랫동안 닫아 놓았던 나의 입맛을 '빵' 터뜨린 것이다.

밴댕이는 청어과에 속하는 바닷물고기이다. 몸길이가 겨우 어른 가운뎃손가락 크기에 불과하고 모양이 전어와 닮았다. 늦은 봄에 인천 등 서해 해변에서 많이 잡히고 고기가 연하고 맛이 좋아 사람들이 즐겨 먹는다. 조선시대 문인 옥담 이응희는 밴댕이를 두고 '밴댕이가 어시장에 잔뜩 나오니/ 은빛 모습은 마을을 뒤덮고/ 상추쌈에 싸 먹으면 맛이 으뜸이고/ 보리밥에 먹어도 맛이 달다.'라고 읊었고, 임진왜란 때 충무공 이순신 장군은《난중일기》에 밴댕이젓갈을 구해서 고향에 계시는 어머니에게 보냈다는 구절이 있을 만큼 맛이 뛰어난 밴댕이젓갈로 효도를 했다고 한다.

책방에서 안면이 있는 주인을 만나 종이상자에 쌓아둔 책을 뒤적이다가 전혜린의 수필집《목마른 계절》과 한용운의 시집《님의 침묵》을 발견하고 두 권을 샀다.

전혜린 수필집은 초판이 1976년, 1991년에 2판 5쇄 발행하였고 한용운 시집은 1991년에 초판 인쇄가 된 책이다. 비록 낡기는 했으나 세월 깊숙이 잠겨 있던 이 책의 주인이 된 나는 마치 진흙탕에서 보석을 캔 것처럼 기쁘고 행복했다. 큰 책방에서 칼칼한 종이에 잉크 냄새가 채 가시지도 않은 새책보다는 비록 손때가 묻고 오랜 세월이 배어 누렇게 바래었으나 묵은 정감이 훈훈하게 가슴에 담기는 것이 얼마나 기분 좋은 일인가. 옥담의 시 구절처럼 상추쌈에 싼 밴댕이 맛이다. 다행히 책에 낙서 하나 없고 밑줄 그어진 곳이나 종이 한 장 접어진 흔적이 없어 얼굴이나 이름도 모르는 책 주인의 정갈한 마음씨가 고마울 따름이고, 두 사람의 걸출한 작가의 주옥같은 문장을 담은 책을 나에게 넘겨준 행운에 감사한다.

IMF가 발생한 그 이듬해 1월 경기도 여주의 한 변두리에서 내 평생의 마지막 직장으로 똬리를 튼 지 어언 18년, 그로부터 다시 4년이 지난 오늘 부평동 시장은 세월의 흐름을 실감하게 모두가 변해 있었다. 통로 바닥에 다닥다닥 붙었던 좌판대는 흔적 없이 사라지고 낮에도 환한 불빛이 대낮처럼 밝다. 아내의 말대로 오랜 기억을 더듬어 어렴풋이 비슷한 가게를 찾았다. 처음, 아내와 같이 시장에 왔다가 맛보기로 밴댕이 살점을 찢어 나의 입에 넣어 주던 기억이 아련하다. 그때의 밴댕이젓갈과 깻잎을 담은 양은 대야 대신에 몇 배나 많은 스텐 대야가 밝은 불빛에 번쩍이고 있다. 그때의 할머니의 땅바닥 좌판대에는 며느리나 딸쯤 돼 보이는 한 여자가 있었던 기억이 난다.

지금은 할머니와 젊은 여자 두 사람이 할머니를 돕고 있다. 20여 년이 지난 지금 그때의 할머니가 여태 장사를 하리라고는 짐작하기 어렵고 지금의 할머니는 그때의 딸이거나 며느리일 것이고 지금의 젊은 여자들은 지금 할머니의 딸이거나 며느리라고 짐작되어 세대를 옮겨가는 세월이 흐르는 강물 같아서 감회가 깊다. 아내의 당부대로 땡초 대신 밴댕이를 많이 달라 간청했더니 할머니는 옛날처럼 기분 좋게 땡초 속에서 밴댕이를 골라 주섬주섬 비닐봉지에 담아 주었다. 할머니는 20년 전에 아내와 내가 할머니 좌판대의 단골이었음을 알 리가 없다.

집으로 가는 버스에서 차가 흔들릴 때마다 불현듯 책과 함께 젓갈을 싼 비닐봉지가 걱정이 되어 가만히 봉지에 손을 넣고 책의 안부를 물었다. 다행이다. 책은 무사했다. 행여나 젓갈 봉지에서 끈적한 국물이 흘러들었을라. 비릿한 냄새를 풍기는 책은 상상하기도 싫다. 젓갈은 먹지 못해도 이 책은 버리면 다시 구하기 힘든 귀한 존재가 아닌가.

밴댕이는 몸체도 작지만 크기에 비해 내장이 들어 있는 속이 매우 작은 데다가 성질이 급해서 그물에 잡히자마자 죽어 버리고 말아 밴댕이를 잡는 어부들조차 '살아 있는 밴댕이를 본 사람은 드물다.'는 말이 있다. 그래서 속이 좁고 옹졸한 사람, 쉽게 토라지는 사람을 가리켜 '밴댕이 소갈머리'라 하지 않는가.

요즘처럼 세상이 척박할수록 밴댕이 소갈머리 비유는 점점 많아진다. 우리가 사는 이 좁은 땅에서 밴댕이들이 밴댕이들을 탓하며 아등바등 싸우는 소갈머리들을 보면 나 자신이 밴댕이 속이 되어 가슴이 답답해진다. 남의 소갈머리를 탓할 것도 없다. 나의 소갈머리는 어떠한가. 여태 나의 소갈머리로 인해 얼마나 많은 사람이 고통받고 상심했을까. 밴댕이라는 한 마리 물고기가 이렇게 마음을 갈라놓는다.

　버스에 내려 어느덧 집 앞 건널목에 다다랐다. 심부름의 결과가 궁금하다. 아내의 판결에 따라 나의 저녁 밥숟가락에 얹어 주는 밴댕이 살점이 정해질 것이다.

대걸레

여태 봄날처럼 따스한 겨울이었다. 그동안 까맣게 잊고 있던 추위가 어느 날 갑자기 옹글게 찾아와서 온몸은 나도 모르게 거북이 목처럼 움츠러들었다. 아파트 화단을 오며 가며 눈여겨보았던 이름조차 아슴아슴한 흰 국화꽃이 한결 애처롭게 보인다. 베란다에라도 심을 수만 있다면 옮겨 심어 이불이라도 덮어주고 싶다.

화단 옆 수돗가에는 대걸레 네 개가 오늘도 변함없이 난간에 거꾸로 기대어 햇볕을 쬐고 있건만 한 마디 하직 인사도 없이 사라진 그 미화원 아줌마는 여전히 보이지 않는다. 나의 머리에 밥풀처럼 남아 있던 그녀의 존재는 하루 이틀 시간이 흐르면서 멀어져 갔다.

그녀처럼 아파트 같은 다가구 주택에서 근무하는 미화원들이 한 해 중 가장 바쁜 계절은 아무래도 늦가을인가 싶다. 바람에 길을 잃은 가로수의 낙엽들과 그 틈에 끼어든 미세먼지들이 끊임없이 헤집고 다닌 흔적들을 종일 따라다니며 비로 쓸고 걸레로 닦지만, 그들의 재작질을 멈추게 할 재간은 아무래도 그녀의 힘만으로는 애지고 막막하지 아니한가. 아침에 출근하여 아파트 제일 위 층부터 지하실의 주차장까지 오르내리며 하루 종일 몸으로 부대 끼는 사람이나, 온갖 청소도구를 실은 채 끌려다닌 캐리어도 하늘 한복판에 떴던 해가 서쪽으로 기울 때면, 제아무리 장사라 하더라 도 어쩔 수 없이 녹초가 되기 마련이다. 엎친 데 덮친 격으로 코 로나 역병 때문에 청소하는 일 말고도 사람 손이 닿는 구석구석에 소독약을 뿌리고 닦는 일까지 곱비임비 불거지니 가녀린 여자의 몸으로 그 고충이 오죽하겠나.

그녀의 하루 일과 중 마지막 마무리는 대걸레를 씻어 햇빛이나 바람에 말리는 일이다. 대걸레는 장대한 허우대로 종일 땟물을 흠 뻑 적셔가며 아파트 계단이나 복도를 종횡무진 섭렵하다가 종국 에는 수돗가에서 기진맥진하여 다리를 뻗고 널브러진다. 초주검 이 된 머리채를 또 한 번 고무장화가 비눗물을 끼얹어 짓이겨 놓 으면 막대기에 매달린 마포 걸레는 희멀건 거품과 함께 벌컥벌컥 검은 땟국물을 토해낸다.

어느 만큼 구정물을 뱉어낸 걸레는 골바람이 바람난 듯 쏘다니 는 양지바른 한켠에 거꾸로 세워진다. 손잡이를 땅에 받치고 선 모습은 흡사 미장원에서 머리를 감고 단정하게 빗질한 단발 소녀 처럼 햇볕을 받아 온기 묻은 바람에 머리채를 말린다. 숱이 풍성 한 머리를 곱게 빗어 넘긴 뒷모양은 영락없는 여자지만, 길고 억 센 외다리에 막대 끝에 달린 쇠 집게의 고집스러운 모습만 놓고 보면 아무래도 남자에 가깝다. 누군가가 검은 구정물이 빠진 대걸레가 회색빛 장발 신사의 뒷모습을 닮았다고 한다면 나는 그의 눈썹미에 엄지를 세워 흔들어 줄 것이다.

어느 날 잠시 외출을 하고 돌아오는데 미화원 아줌마가 걸레로 우편함을 닦다가 우리 집 우편함에서 책이 든 소포 하나를 꺼내 불쑥 내 손에 쥐여 주면서 '아저씨는 책이 많아서 부럽다.' 하며 웃었다. 아마 정기 간행 잡지나 어쩌다 문우들이 상재하여 보낸 책들을 눈여겨보았던 모양이다.

책을 좋아하는 아주머니의 진중한 성정이 집에 돌아와서도 내내 마음에 켕겨왔다. 읽고 꽂아 둔 문예지 한 권을 봉투에 넣어 들고 일층 현관으로 내려갔다. 엉겁결에 책을 받은 그녀는 눈을 동그랗게 뜨더니 활짝 웃었다.

그날 이후로 이것저것 배달 오는 책 중에서 내가 이미 읽었거나 덤으로 한 권씩 얻어 온 책들을 그녀에게 건네주었다. 그러면서도 책을 주면 제대로 읽기나 할까? 하는 의구심은 조금도 들지 않았다. 내 책장에는 반쯤 읽다 말고 접어둔 책들이 부지기수인데, 언감생심 내가 그녀의 시구詩句처럼 맑은 심성을 의심하다니. 점심을 먹고 나서나 일하다 잠시 쉬는 틈에 일터의 어느 한적한 구석에서 열심히 책장을 넘기고 있을 것이라는 생각에는 손톱만큼의 의심도 들지 않았다.

책으로 인연이 된 지 어언 이태쯤 되나 보다. 그동안 아파트 통로에서나 복도 또는 엘리베이터 안에서 일하는 그녀를 우연히 마주치기는 하지만, 여태 성이나 이름조차 알지 못한다. 다소 억세게 보인 광대뼈가 활짝 웃을 때마다 한층 돋아 보인 것만 기억이 된다. 그녀는 무슨 일이든 가리지 않고 팔을 걷어붙이고 일을 했다. 밭에서 갓 뽑아낸 무 같은 희멀건 종아리를 부끄럼 없이 드러낸 채 씩씩하게 일하는 모습은 우리 동棟의 입주민이나 경비원들에게도 인기가 있었다.

책을 부담 없이 준 것은 때가 되면 낙인이 찍혀 고물상으로 가야 할 책들을 조금 앞서 생색으로 포장했을 뿐이다. 그녀는 어쩌다 한 번씩 분리수거하러 가는 나의 쓰레기통을 뺏듯이 가로채서 대신 비워주거나 만날 때마다 활짝 웃는 웃음이 책값을 대신하는 유일한 수단이다. 나는 그 웃음을 후한 책값으로 받았다.

그녀에게 줄 책을 가져온 날, 그녀가 보이지 않으면 책을 경비실에 맡겨 두거나 끌고 다니는 청소도구 캐리어에 꽂아 두었다. 대걸레를 비롯하여 마른걸레 물걸레 고무장갑 소독약 빗자루 등 온갖 청소도구가 너절하게 담긴 쇠 그물 상자에 꽂혀 있는 한 권의 문예지라니. 득실득실 때 묻은 잡동사니 틈새 속에 꽂힌 책 한 권은 한 폭의 명화가 되어 보석처럼 반짝반짝 빛나 보였다.

어느 날, 그녀가 홀연히 자취를 감추었다. 처음 보는 미화원이 청소를 하고 있기에, 전에 일하던 아줌마는 그만두었는가 물었더니 말없이 고개만 끄덕였다. 이제 책을 줄 일이 없어진 나는 갑자기 나도 모르게 마음이 허영허영해 왔다.

며칠 지나 수돗가를 지나오는데 새로 온 미화원이 대걸레를 빨고 있었다. 대걸레는 희멀건 거품을 쏟아냈다. 검은 땟국물이 빠진 대걸레는 바람을 맞으며 옛날처럼 제 자리를 지키고 있었다. 그런데 막대기에 매달린 마포 걸레는 예전의 회색빛 마포가 아니었다. 엊그제 새로 산 듯 푸른 하늘색으로 물들인 단발머리로 여느 때처럼 난간에 기대어 서 있었다. 초겨울 한낮의 햇볕을 받으며 마치 누군가를 기다리는 듯했다. 내 손에 들린 철 지난 잡지 한 권이 나도 모르게 스르르 힘을 잃고 미끄러져 내렸다.

소리, 또 다른 모습들

그의 음악 세계는 경이로웠다. 겨우 열여덟 살 한 소년의 피아노 연주가 전 세계를 발칵 뒤집어 놓았다. 앳된 외모와는 달리 강인한 정신력과 현란한 기교를 소리로 폭발시켜 사람들의 가슴에 깊은 감동을 안겨주었다. 그뿐만 아니라, 여태 사람들이 보편적으로 이해하기 어려워 멀게만 느껴온 클래식이란 소리를 오랫동안 우리 곁에 머물게 하는 계기를 만들었다.

그가 세계적인 '반 클라이번 콩쿠르'에서 우승하기 전, 연습한 곡들이 다시금 회자되고 있다. 그중에서 리스트의 '단테 소나타'를 연주하기 위하여 단테의 《신곡》 전편을 수십 번 읽어 거의 외우다시피 한 그를, 사람들은 이렇게 말한다. "단테의 《신곡》은 소리가 아닌 글이 인쇄된 책이다. 그러나 이 책은 엄청난 소리를 낳았다." 그는 자신만의 소리로 작곡가는 물론이고, 원작자인 단테와 사적인 공간에서 이야기를 나누듯 무구한 정신세계를 구축한 천재였다.

오케스트라와 협주한 그의 피아노 음률은 여울목을 지나 윤슬이 반짝이며 흐르는 강물 같았다. 강물은 벼랑을 만나면 물보라를 뿌리며 쏟아 내리는 폭포가 되었다. 그러고는 공중에서 산산이 부서지는 포말이 되었다. 마치 사화산처럼 침묵하다가 땅속 깊숙한 곳에서 에너지를 축적한 마그마가 일시에 폭발하듯 붉은 불기둥을 내뿜으며 솟아올랐다. 용암이 엿물처럼 흘러내리고 하늘에는 분진이 구름처럼 퍼져 나갔다. 그럴 때마다 그의 건반을 두드리는 소리와 지휘자의 지휘봉은 찰나의 오차도 없이 서로 감응했다. 숨 가쁘게 달려온 한 시간여의 긴 여정 끝에 최후를 맞이한 피아노의 건반은 그의 섬섬한 손가락을 튕겨서 허공에서 얼어붙고, 늙은 지휘자의 지휘봉은 공간을 가르면서 소리 속을 겨누며 멈춰 섰다. 순간의 침묵이 흐른 뒤 오랫동안 참았던 호흡을 내쉬고 감동을 수습한 청중들의 기립 박수 소리, 그 또한 한 어린 피아니스트의 영혼을 바친 연주와 함께 두고두고 기억될 또 하나의 소리가 아닌가.

입으로 바람을 불어 공기 기둥을 울려서 소리를 내는 관악기, 활로 몇 가닥의 현을 할퀴거나 문질러서 음향을 발산하는 현악기. 타악기는 두드리고 튕겨야만 제대로 소리를 낸다. 플루트, 오보에, 클라리넷, 트럼펫, 피리들이 관악기에 속하고, 바이올린, 첼로, 비올라, 해금과 아쟁 등이 현악기에 속한다. 타악기는 북이나 드럼, 트라이앵글, 실로폰, 심벌즈가 같은 쪽에 속한다.

물론 유량한 악기의 소리도 좋지만, 소리라면 우리나라 입소리인 판소리야말로 군계일학이다. 명창이 수두룩한 전통 음악이다. 민족 고유의 오페라라고나 할까. 소리꾼에 북을 치는 한 명의 고

수를 더하여 그의 장단에 소리꾼은 소리 중에 간간이 아니리를 하고, 몸짓을 섞어 이야기를 풀어낸다. 이 소리의 유래가 옛날의 무당 굿풀이면 어떻고, 길거리 광대들의 놀이면 어떠랴. 그 소리는 어언 삼백여 년의 세월을 흘러서 여태 우리 삶 속에 깊숙이 배여 있다.

초속 3백 미터를 훌쩍 뛰어넘는 속도로 공기 속을 전해 오는 소리의 너울은 사립문 사이로는 틈새를 비집고 새어 나와서, 열린 창문으로 도둑처럼 넘나든다. 돌담에 부딪히면 돌아가고 바람과 마주치면 하늘로 흩어져 허공에서 사라진다. 제 타고난 버릇은 여태 고칠 줄 모른다.

소리들은 빛과 어둠을 들고나면서 사람의 심장을 진동시킨다. 심연의 바다에서 해녀들의 숨비소리, 새벽 공기를 가르며 밤새 바다에서 잡아 온 고기들을 위판장에 풀어놓고 경매를 부르는 소리는 활어의 등살처럼 신선하면서 비릿한 소리의 울림이다. 은밀한 손짓으로 호가의 신호를 보내는 소리 없는 언어들, 낙찰된 생선들을 좌판에 올려놓고 아침을 부르는 아지매들의 돋은 목청들, 그들의 손에서 물을 튕기며 퍼덕이는 생명들의 몸부림, 그것 또한 그들만의 소리이다. 바닷가 어시장은 소리로 깨어나고, 소리로 한여름 긴긴 하루가 지나간다.

시골 장바닥에 폭죽처럼 터지는 뻥튀기 소리, 대장간에서 대장장이의 가슴에 붉게 물든 불빛 속에 발갛게 달은 쇠를 벼리는 쇠망치 소리, 울긋불긋 계절을 잊은 온갖 꽃들이 만발하는 몸빼와

원피스는 물론이고, 없는 것 빼고 있는 건 다 있는 좌판대 위는 장돌뱅이 혼자만의 무대이다. '골라! 골라! 골라!' 손바닥을 두드려 장단을 맞추며 빙글빙글 돌아가는 춤사위와 징한 넉살은 그의 단골 레퍼토리.

쑥대머리 같은 장바닥이라도 철거덕거리는 엿장수의 가위소리가 어찌 무심하게 그 흥을 참을까. 양손의 가위로 반주를 엮으며 쉰 목소리는 흐드러지고 걸쭉하게 육자배기를 풀어낸다. 흥이 돋으면 공짜 맛보기로 엿판 한쪽이 비어난다.

비록 천재 소년이 만들어 낸 찰지고 쫀득한 솜씨는 아니지만, 마치 도공이 아무렇게나 빚은 질그릇같이 투박하고, 들판의 풀처럼 어기차게 뿌리를 내리는, 이것들이야말로 진정 사람의 소리가 아닌가.

이른 새벽에 숲속에 들어서면 새벽이 바람 사이로 나뭇잎을 타고 오는 소리가 들린다. '쏴아~' 하며 새벽을 한아름 안고 오는 소리는 바닷가 모래밭에서 밀물이 하얀 이를 드러내고 모래를 핥는 소리 같다. 눈송이를 덮어쓴 매화가 벙긋이 꽃잎을 여는 소리, 겨울을 보낸 나무에 움이 트는 소리, 나무뿌리가 땅속을 파고들며 뻗어나가는 소리, 남새밭에 씨감자는 소리 내며 자라던가.

매미는 뜨거운 여름 내내 울기만 하다가 바람이 서늘해지면 울음소리는 바람에 날려 보내고 몸은 껍데기만 남긴다. 가을이 가고 겨울이 오면, 그 많은 소리들은 날개를 접고 깊은 잠에 빠져든다. 소리를 밀어낸 고요가 인간에게 가져다주는 휴식이고 치유의 순간이다. 사람의 심장을 울리는 수많은 소리들이 세상을 연주하듯, 그것들은 소리 없는 자연의 소리, 가슴으로 듣는 신의 소리이다.

필곡筆哭

어머님, 어찌 이렇게 허망하고 무심하게 떠나십니까. 아무리 경황이 없다 하나 숱한 세월을 여태껏 꼼짝달싹 못하게 당신의 손아귀에 묶어 놓으시더니 오늘 한 마디 말씀도 없이 홀연히 떠나심은 여태 저에게 그러시듯, 또 한 번 용심을 부리는 것입니까. 오늘 당신은 그동안 이 며느리의 팽팽했던 긴장의 줄을 단숨에 끊어 놓았습니다. 이제는 저도 더 버틸 힘도 용기도 사라지고 쌓아 올린 모래성처럼 모든 것이 허물어지듯 주저앉고 말았습니다. 그러나 이 가슴 속에서 이별의 슬픔보다 알 수 없는 서러움이 밀물처럼 밀려드는 것은 무슨 연유입니까. 돌이킬 수 없는 회한 같은 것이 사라진 자리에 울음 대신에 속을 우비는 설움이 울컥울컥 목줄을 타고 끊임없이 북받쳐 오르는 것을 멈출 수가 없습니다.

대뇌 신경세포를 갉아 먹고, 당신의 지능, 의지, 기억 등을 송두리째 앗아가고는 최후에 와서 목숨으로 바꾼 알츠하이머의 모진 병마가 사라지고 난 후의 얼굴이 이처럼 평화롭고 온화해 보이다니요. 오늘 머리까지 빗기고 나니 당신의 얼굴은 전에 없이 곱고,

예뻐 보입니다.

이른 아침에, 여느 때처럼 기저귀를 바꿔 채우려고 바지춤을 내렸더니 오늘따라 순순히 무릎을 열어주는 당신을 보면서 알 수 없는 불안감이 온몸을 엄습했습니다. 연락을 받은 시숙님이 와서 보시고는 머리를 저으시더니, 급히 잠시 다녀오겠다며 나가셨습니다. 휑뎅그렁한 빈집에 여느 때처럼 어머님과 저만 남았습니다. 눈을 감은 채 내쉬고 들이쉬는 숨소리가 깊어지더니 눈 깜짝할 사이에 마치 '휘익' 하고 한 줌 바람에 촛불이 꺼지듯 깊은 심연에 빠져들었습니다. 죽음이란 이렇게 덧없는 것인가요. 하필 이럴 때, 이승의 최후를 맞이해야 하는 절체절명의 순간에 당신과 나만 단둘이 집을 지키고 있는지 참으로 알 수 없는 끈질긴 운명입니다. 이제 조금 있으면 시숙님도 오실 게고, 대처에 간 작은아들도, 당신의 딸들도, 그리고 당신을 사랑하는 많은 사람들이 마지막 배웅을 하러 올 것입니다. 모두들 당신과 이별하면서 슬프게 눈물을 흘리겠지요. 그러나 내 눈물은 이미 고사목처럼 말라 있습니다. 그 많은 세월 동안 나는 당신과의 싸움에서 처절하게 패배하고 당신의 주검 앞에서조차 저 자신이 여지없이 무너지는 것을 알았습니다.

그러나 당신의 생전에 내가 당신에게 그러하듯, 마지막 제가 할 일을 서둘러야 하겠습니다. 매일 목욕탕에서 전쟁을 치르듯 씻긴 당신의 몸을 오늘은 마지막 며느리의 손길로 이승의 묵은 때를 걷어내려 합니다. 이미 심장의 박동은 멈추었고, 몸은 시간이 갈수록 싸늘하게 굳어 가지만, 이 일만이 오늘 며느리로서 마지막 해야 할 일이라는 생각이 드는군요. 소독 물에 솜을 적셔 머리부터 발끝까지 뒤척이며 몸 구석구석을 꼼꼼히 닦습니다. 손가락, 발가락, 귓속까지 닦으면서 비록 텅 빈 집안이 무덤 속처럼 적막하지만, 내가 하는 일이 노상 기저귀를 갈고, 싸움하듯 몸을 씻기는 일처럼 일상일 뿐입니다. 두려움과 무서움도 어느새 자취를 감추었습니다. 오직 이승을 떠나는 당신에게 마지막 내가 해야 할 사명처럼 당신의 몸을 살펴 나갑니다. 지금은 오랜 병고로 건삽한 몸이지만 한때는 얼마나 살피듬이 좋아 보인 당신입니까. 매일 씻고, 파우더를 바르고, 이부자리까지 꼼꼼히 간수한 덕분으로 오랜 병고에도 등에는 살점 하나 허물어진 흔적 없이 미끈하고 보송보송하니 얼마나 다행한 일입니까. 그러면서도 당신은 이 며느리에게 다정한 웃음 한번 던지지 않았습니다. 이제 두어 밤을 자고 나면, 그동안 당신과 함께한 파랑 같은 날들을 당신과 함께 떠나 보냅니다.

내가 당신의 며느리가 되고 난 후부터 오늘까지 수많은 사연들이 이제 주마등같이 흘러갑니다. 내가 시집올 때부터 당신은 나를 참 미워했습니다. 그러나 그 미움이 속마음이 아닌 것을 저는 알고 있습니다. 당신의 속뜻은 솜털처럼 부드럽지는 않지만 쉼 없이 흐르는 강물이었습니다. 배가 닿을 수 있도록 나루터는 언제나 거기 있었습니다.

집이 넓은 큰댁에 살다가 큰며느리와 다투고는 보따리를 싸 들고 아홉 평짜리 네 식구가 사는 집에 비집고 오실 때의 제 마음은 억장이 무너졌습니다. '언니가 밥을 안 주고 굶긴다.'느니, 심지어 넘어져 멍든 자국을 내보이며 때린 자국이라는 말을 듣고 눈물을 흘리는 당신의 딸들을 보면서도, 이웃집에 다니면서 며느리 욕을 하고 다녔지만 나 자신이 구차하게 변명할 여력도 없었고 할 필요도 느끼지 않았습니다. 몰래 가출하여 온 집안을 발칵 뒤집어 놓아 며칠 후에 경찰서나 양로원 등 이곳저곳에서 찾아오기도 한두 번이 아닌 것을 어머님은 기억이나 하실는지요. 언젠가는 냄비에 돌을 넣고 밥을 한다며 가스불을 켜놓은 것을 발견했을 때는 가슴이 펄럭거리고 하늘이 노랗게 보였습니다. 지나간 나날들이 이제는 먼 이야기처럼 아득합니다.

며칠 전부터 당신은 나의 치마를 붙들고 당신 곁에 있어 달라고 사정하는가 하면, '그동안 잘못했다.' 용서를 빌기도 하고, 딸들이 올 때, '너희는 소용없다. 네 올케만 곁에 있어 달라.'는 등, 전에 없는 조짐이 심상치 않았지만 오늘처럼 이렇게 가슴이 무너져 내릴 줄이야 상상이나 했겠습니까.

이제 몸 닦는 일을 끝내고 깨끗한 속옷을 입습니다. 이불의 홑청을 뜯어 당신의 육신을 덮습니다. 그리고 생전에 그렇게 소원해서 쟁여 놓은 소색 명주 수의를 찾아내어 당신의 머릿밑에 접어둡니다.

돌아가신 아버님이 생각납니다. 저를 보면 항상 웃으시고 딸보다 더 애틋한 눈빛을 보내주시던 아버님. 이제 두 분이 만나시면

생전처럼 구순한 연을 다시 이어가시길 소원합니다.

　당신과 함께한 시간들이 강물처럼 흘러가고, 마음은 빈집처럼 허우룩하기 짝이 없습니다. 이제 당신을 떠나보내면 무위한 세월을 어찌 저가 감당할까요. 어머님.

　이 허망한 마음을 혼자 감당하지 못해 아범의 손[筆]을 빌려 영전에 곡을 올립니다.

김치밥국의 얼굴

그 겨울은 유달리 추웠다. 바람은 전봇대에 매달려 차갑게 파닥거리고 있었다. 달빛은 푸르게 비수처럼 차가웠고, 별들조차 몸을 떨었다. 산등성이에 자리 잡은 동네에는 지붕들이 바둑돌처럼 어깨를 맞대어 있고, 멀리 가로등조차 꺼진 도로에는 자동차들이 전조등 불빛을 밝히고 기는 듯 가고 있다. 모든 것을 내려놓은 도시의 밤은 내일의 아침을 기다리며 그렇게 깊어가고 있다.

식구들이 낡은 이불속 한 가닥 온기에 몸을 맡기고 깊은 잠에 빠져 있다. 숨소리는 적막 속에 흐르고 얕은 천장에 매달린 백열등은 병자처럼 창백하다. 문틈을 비집고 스며든 냉기로 책장을 넘기는 손가락이 뻣뻣하게 곱아들고, 비닐장판 바닥에 무릎이 차갑게 저려온다. 그래도 어깨를 두른 이불의 온기가 그나마 훈훈하다. 겨울의 밤은 깊어 갈수록 서럽고 고단하지만 책장을 넘겨 가는 눈망울은 반딧불처럼 초롱하다.

시계의 시침은 어느새 열두 자리를 지나고 배꼽시계는 후줄근하게 시장기를 알린다. 밑바닥이 까맣게 그을린 양은 냄비에 물을 끓인다. 찬장 한쪽 구석에 저녁에 먹다 남은, 돌처럼 굳은 찬

밥 덩이와 종발에 담긴 김치를 쏟아붓는다. 밥국을 끓인다. 끓이는 솜씨는 서투른 신참이 아니다. 밥알이 김치에 안겨 끓는 국물 속에서 들썩들썩 춤을 춘다. 보글보글 끓는 소리에 차갑게 얼었던 가슴이 스르르 녹아내린다. 뜨거운 김이 시큼한 김치 냄새를 안고 피어오른다. 방안에는 봄날 산수유꽃이 노랗게 피어난다. 냄비의 국물 끓는 소리를 들었는지 음식 냄새를 맡았는지 자다가 부스스 일어난 동생이 눈을 껌벅이며 숟가락을 찾아들고 슬며시 다가앉는다.

"형아, 나도 묵고 싶다."

형을 빤히 쳐다보는 동생의 눈동자가 초롱초롱하다. 형의 얼굴에 밝은 미소가 잔잔하게 스치듯 지나간다. 냄비를 사이에 두고 앉은 형제의 얼굴은 봄날의 아지랑이 같다.

뜨겁게 다려진 붉은 국물이 목구멍을 타고 넘어가자 비워진 뱃속이 짜릿하게 더워 오면서 열기가 온몸에 스민다. 이마에 땀이 송송 맺히고 두 뺨은 유월의 복숭아처럼 붉게 익어간다. 형제의 가슴은 여울로 흘러들어 하나로 이어진다. 뜨거운 강물이 되어 소리 없이 흘러간다.

한때, 우리들에게는 삶이 헌 옷처럼 낡은 고난의 시대가 있었다. 하루 세 끼의 끼니를 이을 수 없어 한 끼의 양식으로 두 끼를 때우고 그것도 여의치않아 굶주린 배를 움켜쥐고 각다분한 나날을 벼랑에서 보냈다. 가난의 질곡桎梏에서 벗어나고자 발버둥을 쳤던 그 시절에 경상도 사람들은 김치밥국을 즐겨 먹었다. 다른 지방에서는 김치죽, 김치갱죽粥糜, 김치갱시기 등으로 불리어진 김치밥국은 특히 추운 겨울 가난한 민초들의 허기를 면하게 해준 궁휼矜恤의 먹거리이면서, 새벽녘에는 술꾼들의 쓰린 속을 풀어주는 해장국으로 사랑을 받았다. 아픈 배를 쓰다듬어 주는 할머니의 따뜻한 약손 같은 소울푸드였다.

요즘 우리들 식탁에는 소고기국밥, 돼지국밥, 순대국밥 등 국밥은 있어도 밥국이라는 이름은 사라지고 없다. 밥국은 물이나 국에 밥과 반찬이나 다른 재료들을 넣고 끓여서 만든 죽이다. 쌀을 넣고 끓이는 죽과는 달리 한 번 밥이 된 것을 다시 재탕하는 것이 특징이다. 김치밥국은 주재료가 밥이고 부재료는 김치가 된다. 간은 주로 김칫국물로 내지만 김치 담글 때 버무린 속이 간이 되고 양념이 된다. 그래서 국물은 얼큰하게 끓여지고 얼큰하지 못하면 고춧가루를 더한다. 고추장으로만 하면 퍽퍽해서 시원한 맛이 달아나고 나물이나 다른 잡동사니를 섞어 넣으면 이름 없는 잡탕이 된다. 김치밥국의 참맛을 알려거든 제발 잡탕처럼 만드는 그런 어리석음을 범하지 말기를. 그리고 하나 더 보태어 말하면 야무진 여자보다 남자 손으로 대충 조리하는 것이 훨씬 맛이 있다는 것을 잊지 말기 바란다.

뒤포리나 멸치를 넣고 육수를 우려내어 끓이면 국물의 맛은 확 달라져 한층 격을 높인다. 거기에 계란 하나쯤 풀어 넣으면 얼마나 행복할까마는, 그 시절에는 언감생심 그림의 떡이다. 비주얼이야 국밥보다 한참 모자라서 개죽 같기도 하고, 꿀꿀이죽이라느니 심지어는 잔반통에서 퍼 올린 것 같다는 지청구를 듣지만 김치밥국을 들어가는 재료들만으로 저울질하는 것은 댓구멍으로 하늘을 보는 격이다. 국밥과는 조리하는 법도 다르고 맛으로 치면 한참 뒤처지지만 우리들 가슴에 와닿는 정서의 깊이는 명확히 갈라놓는다. 그 깊이는 맛을 뛰어넘어 오랫동안 기억하게 하는 옹이 같은 존재이다. 그러나 세월의 물결에 과거는 하나씩 씻겨 내려간다. 언젠가는 낙엽처럼 추억으로만 남는 존재가 될 것이다.

추운 겨울 어두운 등불 아래 어머니 몰래 조마조마 끓여서 뜨거운 국물을 후루룩거리며 먹는 맛이란 평생 잊지 못한다. 김치밥국은 눈물로 얼룩진 지난 세월 동안 외롭고 고단한 영혼을 감싸준 아늑한 고향이고 슬픈 강이었다.

구피는 살아 있다

마음이 가까운 누군가가 열 마리가 넘는 열대어 구피를 선물로 보내왔다. 함께 구피가 살아갈 보금자리라며 드므 같은, 작지만 아담한 도기 그릇 한 개를 주고 갔다. 투박한 질그릇 같은 모양이다. 연한 잿빛 유약에 잎이 푸른 모란이 연붉은 꽃잎을 활짝 열고 있었다. 모양이나 색깔이 아무리 봐도 물고기를 키우는 어항으로 쓰기엔 한참 넘쳐 보인다. 두 가지 선물이 인생의 조락에 눈요깃감을 통하여 다소나마 위안이라도 되라며 주었을 것이다. 그 마음이 따뜻했다. 그리고 고마웠다.

구피라는 열대어는 그동안 이곳저곳에서 숱하게 보아왔다. 그러나 눈길 한 번 슬쩍하고 지나쳤을 뿐 이번처럼 가까이 보기는 처음이다. 구피가 거실의 탁자 위에 떡 버티고 자리를 잡던 날, 이 진객은 눈곱만큼의 낯가림도 없이 불거진 눈망울에 황금빛 긴 지느러미를 흔들며 수초 사이를 휘젓고 다녔다. 물속을 마음대로 유영하는 모습, 앙증스러운 생김새와 갑자기 불어난 별난 식구 덕분에 늙은 우리 내외는 환호했다. 여태 한 번도 만나보지 못한 손님에게 먹이를 주거나 어항 물을 갈아 주는 수고조차 모두가 신명

나는 일이었다. 그러나 이 유별나게 생긴 물고기를 어떻게 키워야 하는지 아무도 알지 못했다. 맨날 두드려대는 컴퓨터로 한 번만 검색했더라면 지금처럼 자책의 쓰라림이 앙금처럼 남아 있지는 않았을 텐데.

몇 달이 지난 후 구피의 수는 몰라보게 늘어났다. 어쩌다 아침에 어항 속을 들여다보면 여태 보지 못했던 새로운 생명들이 마치 우주인처럼 활발하게 쏘다녔다. 별다른 정성을 쏟지 않아도 조그마한 몸체에 감추어진 성장과 생식의 유전자는 경이로웠다. 크지도 않은 어항에서 상상을 웃돌며 하루가 다르게 불어나는 식구로 만부득이 그들이 우리 집에 올 때처럼 또 다른 나의 이웃에 입양을 시켜야 했다. 새 식구들을 받은 양부모는 내가 처음 양부모가 될 때처럼 기뻐하며 물로 채운 커다란 비닐 주머니에 구피를 담아 갔다.

어느덧 세월이 이태가 흘렀다. 아내는 구피가 처음 올 때와 달리 별로 관심이 없는 듯 시큰둥해졌다. 나도 아내처럼 발걸음이 점차 어항 근처에서 멀어져 갔다.

구피를 보고 즐기는 것도 어느새 데면데면했다. 몸과 마음이 슬금슬금 게을러지기 시작했다. 그즈음 아내는 교묘하게 구피의 치다꺼리를 나에게 미루기 시작했다. 먹이를 주는 것부터 어항 청소까지 손가락 하나 움직이기를 싫어했다. 그러면서 구피의 관련 일은 모두 나의 몫으로 갈라놓았다. 나는 노회한 아내의 수법에 말려든 것을 알았지만 이를 어쩌랴. 배고픈 동물에게 요기부터 시키고 볼 일이 아닌가.

언제부턴가 구피의 식구가 하나씩 줄어들기 시작했다. 물속이 갈수록 허전하다 싶었는데, 며칠 사이에 흰 배를 뒤집고 물 위에 둥둥 떠 있거나, 어떤 것은 물속에 가라앉은 채 눈을 희멀겋게 뜨고 죽어 있었다. 사람과 물고기가 서로 소통이 불통인 관계로 죽음의 원인을 어찌 알까. 어쩌다 하루쯤 먹이를 주지 못한 적은 있지만 그만한 일이 죽음까지 이르지는 않을 것이라 믿었다. 그러던 어느 날 구피의 식구는 수놈 두 마리만 남긴 채 모두 세상을 떠나고 말았다. 마치 지구를 휩쓴 코로나 질병처럼 알 수 없는 재앙이 그들의 낙원을 휩쓸었다. 가을이면 나뭇잎이 떨어지듯 그들도 한낱 생물이고 보면 목숨을 이어가는 일련의 과정들에서 생기는 변화의 결과는 사람과 무엇이 다르겠는가. 소통하지 않은 세상에서 구피의 죽음의 원인은 미궁에서 헤매고 있다. 지혜로운 인간도 속수무책이었다.

나는 깊은 고민에 빠졌다. 융성했던 가솔들이 홀연히 떠난 자리에 겨우 형제만이 외톨이가 되어 몰락한 집안을 붙들고 있다. 살아남은 두 마리가 암수가 각각인 자웅이었더라면 운우지정雲雨之情을 빌려 만손초萬孫草라도 될 법하지만 하필이면 수컷들만 살아남아 멸문의 실망만 안긴다.

'철따구니 없는 녀석, 같은 값이면 바꿔 차고 나오지.'

뒤엉킨 수초의 뿌리는 아직도 음산한 정적을 안은 채 물속에 잠겨 있다. 비록 상가의 슬픔이 채 가시지 않지만 겨우 두 마리로만 살아남은 구피를 관상용이라며 마냥 두고 볼 수만은 없다. 나도 모르는 사이에 어항을 바라보는 시선도 아내의 발걸음만큼이나 뜨악해졌다. 차라리 저 어항을 비워 고려청자를 보듯 도자기로 보고 말까.

어느 나날에도 이 땅의 모든 생물들은 인간의 지배로 인한 고통이나 생존의 위협을 피할 수 없다. 하물며 하찮은 물고기쯤이야 무에 대수랴. 영혼도 없고 이성도 없는 생명까지 자비를 베풀어야 할까. 성가신 나머지 그들을 음식 쓰레기통에 유기하거나 싱크대의 물통에 익사시켜 불살생계不殺生戒를 범하는 중죄를 짓는 것보다 차라리 그들이 스스로 극단적인 선택을 했으면 좋겠다. 내 속에 악마의 속셈이 충동적으로 불쑥 고개를 내민다. 그참에 흘기죽죽한 아내와의 갈등도 사라질 것이다. 어항이 차지했던 자리에 화사한 봄꽃 화분 하나 가져다 놓으면 꽃의 아름다움과 향기에 취해 구피의 아픈 기억들도 뇌리에서 멀리 사라지지 않을까.

하지만 그들의 비명횡사가, 나의 무지가 원인이라는 책임을 면치 못할 듯. 먹이를 제때 먹이지 못한 죄, 때 맞춰 물갈이를 해주지 못한 죄, 물갈이하면서 물의 온도를 제대로 조절하지 않거나 함유된 염소를 거르지 않고 약물 중독을 유발시킨 죄, 생명이 살아가는 쾌적한 환경을 제공하지 못한 죄 등과 같은 그들의 생명을 지켜주지 못한 직무를 유기한 죄가 적지 않다. 사람이란 동물이 스스로 반성하는 마음이 조금이라도 남아 있는 것은, 인간의 목숨을 포함한 모든 생명을 소중히 여기는 규범과 윤리가 존재하기 때문이다. 내가 영혼이 없는 구피에게 사람다움을 배운다.

나는 아직 살아남은 두 생명들을 마음이 풍성한 어느 집안에 입양을 시켜주거나, 아니면 예쁜 신부를 데려와서 성대한 혼례를 치러 줄 생각이다. 어느 것을 선택할지 그것만 남았다.

구피는 살아 있다!

먼동이 틀 무렵

세월이 흘러 해가 바뀐 지 어느새 스물여덟 해가 되었다. 8월 찌는 듯 뜨거운 어느 날, 나는 차로 경부고속도로를 달려 통도사 교차로를 빠져나와 통도사 산문에 도착했다. 경비원에게 찾아온 뜻을 말하고 포장길을 따라 주차장으로 향했다. 갈림길에서 오른쪽은 경봉 스님이 일제의 남벌로부터 지켜주었다는 소나무들이 바람에 춤을 춘다는 무풍한舞風寒 숲길이다. 왼쪽 무풍교 다리를 지나면 주차장은 금방이다. 주차장 한구석에 차를 세우고 손가방 하나 달랑 들고 조금 걸어 일주문 앞에 선다. '영취산통도사'라고 쓴 현판이 한눈에 다가왔다. 한때 조선에서 서슬이 시퍼렇던 '흥선대원군 이하응'의 친필이다. 종무소에 들러 담당 스님에게 안내되었다. 그날로 4박 5일 동안 통도사 하계 수련원의 원생이 되었다.

나는 며칠 전 사표를 쓰고 회사를 박차고 나왔다. 그들은 점령군처럼 등장하여 전횡을 휘둘렀다. 탐욕과 독선에 마주 서서 갈등하고 괴로워하다가 결단하고 미련 없이 떠났다. 그들이 패당이 되어 나타난 지 한 해가 되는 동안에 스스로 떠날 사람은 떠나고 남을 사람은 남았다. 주위 사람들이 떠나려는 나를 말렸지만 그들에 대한 배신감과 분노를 감당하기 어려워 스스로 모든 것을 포기하는 길을 선택했다. 나는 패잔군처럼 돌아왔다.

직장을 내려놓고 집에서 머문 날이 겨우 열흘도 되지 않았는데 그나마도 마음을 가다듬지 못하고 전전긍긍했다. 어느 날, 불현듯 갈기갈기 찢겨진 마음을 다시 다잡아야겠다는 절박함이 가슴 한구석에서 용암처럼 차올랐다. 절에는 불자만 가는 곳인가? 갑자기 홀린 듯 마음이 움직여 통도사에 전화를 걸었다. 4박 5일의 수련회에 등록한 지 보름쯤, 회사를 그만둔 지는 달포가 된다. 아내는 말 없는 눈빛으로 격려하면서 나의 뜬금없는 행동을 그대로 받아 주었다.

수련생은 남녀를 보태어 34명이었다. 남녀 별로 네 개 반으로 나뉘었다. 세면도구를 제외한 모든 소지품을 봉투에 넣어 스님에게 맡기고 맨몸에 잿빛 수련복으로 갈아입었다. 입제식을 하면서 수련 기간 동안 지켜야 할 규칙을 알려 주었다. 외부 전화 및 면회 금지, 자판기 사용 금지, 그리고 오전 세 시 기상, 오후 아홉 시 취침 시간 엄수 등, 수련생 모두가 말 없는 가운데 눈에는 팽팽한 긴장감이 배어 나왔다. 절간의 모든 것은 중요한 의미를 가진다. 서로 말할 필요도 별로 느끼지 못했다.

처음 저녁 공양은 식당에서 했다. 8월의 여름 해는 꼬리가 길어서인지 여섯 시가 훌쩍 넘었는데도 주위는 대낮처럼 환하게 밝았다. 법당에서 처음으로 저녁 예불에 참석했다. 스님들이 늘어서서 행하는 의식은 엄숙하다. 예불이 끝나면서 종루에서는 스님 고수가 현란한 손동작으로 법고를 두드린다. 법고를 받아서 또 다른 스님이 운판과 목어를 울린다. 그 뒤를 이어 범종의 웅장한 소리가 영취산 곳곳에 넓게 울려 퍼진다. 지옥의 중생이 고통에서 벗어나라는 의미이다. 산사의 저녁은 한 폭의 그림이고 장중한 오케스트라였다. 첫날 저녁은 그렇게 지나갔다. 저녁 9시가 되자 방안의 불은 어김없이 꺼지고 열대야의 무더위에 몸을 뒤척이다가 어느새 잠이 들었다.

이틀째, 새벽 세 시, 죽비 소리에 잠에서 깨어 도량석에 참석했다. 아침 예불은 도량석에서 시작한다. 집전 스님의 목탁 소리와 경문을 염송하는 스님을 따라 절간을 돈다. 달빛만이 푸르게 돌탑을 비추고 있다. 절간의 하루는 예불과 함께 열린다. 여름 아침의 청량한 공간 속으로 스님의 낭랑한 '삼귀의三歸依' 게송이 어둠을 깨운다.

'지혜와 복덕을 갖추신 부처님께 귀의합니다.'

'모든 욕심을 떠난 가르침에 귀의합니다.'

'뭇 중생 가운데 으뜸이신 스님들께 귀의합니다.'

법당에서 예불이 진행되는 동안 예불 구절마다 스님을 따라 절을 한다. 산뜻한 산사의 아침인데도 108배와 함께 셀 수 없이 많은 절로 온몸은 땀으로 흠뻑 젖었다.

발우鉢盂공양이 시작되었다. 발우공양은 첫날이라 수련생에게 시범을 보이기 위하여 스님 두 분이 오셨다. 스님이 발우공양의 의미를 설명하면서 퇴수를 검사하여 깨끗하지 못하면 해당 반은 퇴수를 모두 마시게 한다고 했다. 죽비가 세 번 울린다. 각자 자기 발우를 방바닥에 펼친다. 포개 담긴 소담한 나무 그릇 네 개, 나무 수저를 가지런히 놓는다. 펼친 발우를 청수로 한 번 헹군다. 먹을 만큼 음식을 받는다. 어시바루에는 밥, 국그릇에 두부 된장국, 반찬 그릇에 김치, 나물을 조금씩 담는다. 남기지 않고 먹을 만큼만 담는다.

'이 음식이 어디서 왔는가. 내 덕행으로 받기가 부끄럽네. 마음의 온갖 욕심 버리고 몸을 지탱하는 약….'

모두들 조용히 음식을 먹는다. 달그락거리는 그릇 소리에도 마음을 졸인다. 몇 번씩 눈으로 스님의 움직임을 살핀다. 음식을 다 먹고 마지막에 김치 한 조각을 남긴다. 받아 놓은 청수를 조금 부어 김치 조각으로 음식 찌꺼기가 묻은 발우를 깨끗이 씻어내고 씻은 물을 마신다. 남은 청수로 마지막 설거지를 하고 그 물은 퇴수통에 버린다. 버려진 물은 청수만큼 맑아야 한다. 검사가 시작되어 각 반이 받아 놓은 퇴수통을 들고 스님에게 검사를 받았다. 불행하게도 나의 반이 딱 걸렸다. 퇴수통 속에는 물도 흐릿한데다 고춧가루 한 조각이 둥둥 떠다닌다. 스님이 지켜보는 가운데 반원들은 그 물을 나누어 마셨다. 고춧가루가 떠다니고 남의 밥그릇을 설거지한 구정물, 시큼하고 느끼한 맛, 여덟 명 모두가 낭패당한 인상으로 퇴수통의 물을 비웠다.

수련 생활은 촘촘히 짜인 일정대로 예불, 교리 강좌, 참선 등으로 팽팽하게 이어 갔다. 거의 매일 더위로 수련복이 흠뻑 젖었다. 흐르는 계곡물에 풍덩 빠지고 싶다. 에어컨은 고사하고 흔한 선풍기 하나 없다. 소나기라도 한줄기 쏟아지기를 바랐지만 하늘은 변함없이 쨍쨍했다. 그러나 희한하게도 끈적한 몸과 땀에 젖은 수련복은 잠깐만 지나면 고슬고슬 말라가는 것이다. 저녁 공양과 예불을 마치고 나면 제대로 몸을 씻을 틈이 없다. 수련 기간 동안 한 번도 몸을 씻어본 일이 없다. 양치질을 하고 손발이라도 겨우 씻고 나면 소등하는 아홉 시 가까이 된다. 산사의 서늘한 솔바람 대신에 무더운 열대야가 더욱 지치게 하지만 정신은 흐르는 물처럼 말짱하다. 베개 대신 목침 하나에 머리를 얹고 깊은 잠에 빠져든다.

3일째, 참선 시간만 되면 수련생의 어깨 위에는 죽비 소리가 잦아진다. 내려치는 소리는 아픔보다 날카롭다. 한여름에도 참선하는 강원의 문은 닫혀 있다. 가부좌로 꼬여 앉은 다리는 양반다리로 풀어진 지가 오래다. 끊임없이 감겨오는 눈꺼풀, 억지로 눈을 부릅뜨고 목을 빳빳하게 세워도 꺾이는 목을 다시 세우기는 역부족이다. 그럴 때마다 죽비는 더욱 날을 세웠다. '무엇이 나인가?' 화두는 이미 까마득하여 깊은 심연이다. 점심 공양을 마치고 가까운 암자를 찾았다. 일부러 큰길을 피하고 좁은 산길을 걸었다. 주지스님의 해맑은 미소와 법당에서 또박또박 새기듯 들려주던 법문이 융숭하다.

4일째, 우리들 앞에 노트 한 권이 주어졌다. 부처님 말씀을 옮겨 쓴다는 사경이다. 사경은 지극한 정성과 신심의 결정체라 한다. 오랜 세월 전법 수단이었고 구도 과정이었으며 법신 사리를 모시는 불사라 한다. '반야바라밀다심경' 270자를 글자 한 자 쓸 때마다 절을 한다. 경전의 한 자 한 자가 노트에 옮겨지고 절을 하기 위하여 엎드렸다 일어서면 다리가 뻣뻣해지고 몸이 자꾸만 내려앉는다. 겨우 사경의 절반이 조금 넘었는데 이마에서 땀방울이 송송 배이더니 후두둑하며 종이 위에 떨어진다. 펜의 검은 먹물이 거멓게 번져 나간다. 묵훈墨暈으로 얼룩진 자리에 땀방울은 멈추지 않고 떨어진다. '아제 아제 바라아제 바라승 아제 모지 사바하' 마지막 글자가 끝났을 때 노트의 글자는 한 폭의 미완성 묵화였다. 온몸은 땀으로 목욕하듯 젖었다. 이날, 나는 수계의식으로 연비를 하고 '眞慧'라는 법명으로 계첩을 받았다.

5일째 마지막 날, 일주문에서 천왕문, 불이문을 지나 부처님 진신사리를 모신 금강계단까지 삼보일배를 했다. 스님은 이마가 땅에 닿도록 정성을 다하여 절을 하되 이마에 흙이 묻지 않는 수련생은 퇴원시키지 않겠다고 말했다. 새벽 3시, 8월의 칠흑 같은 검은 밤은 절 마당에 어둠으로 자리를 깔았다. 삼보일배는 한 발자국 걸음마다 부처님과 진리와 스님들께 귀의한다는 깊은 뜻을 담고 있다. 땀에 젖은 이마에 흙이 묻을 만큼 깊은 염원으로 관세음보살을 외우면서 세 발자국을 걷고 한 번 절하며 금강계단에 다다랐다. 금강계단의 나지막한 철문이 활짝 열려 있었다.

평생 처음 밟아 보는 금강계단이다. 30여 명의 수련생이 신발을 벗고 석단 위에서 가부좌를 튼다. 밤새 불어온 바람으로 열기를 식힌 화강암의 서늘한 감촉이 수련복 자락으로 전해온다. 두 손을 모은다. 눈을 감았다. 감은 눈의 어두움은 밤의 어두움과는 결이 다르다. 자신의 번잡하고 소란스러운 몸과 마음을 평정하고 고요한 눈빛으로 세상을 바라보면 괴로운 마음을 다스릴 수 있다. 세상일이 어찌 일마다 원만하고 수월할 수 있겠는가. 절망과 슬픔도 뜨거운 마음으로 이겨 내자. 사람이 하루하루를 비우려고 하지 않고 채우려고만 한다면 자신을 동여매는 것이나 다름없다. 닷새 동안 보는 것과 듣는 것이 스님이고 법문밖에 없었지만 정신은 맑고 넓게 가슴속에 품는다. 여기저기서 흐느끼는 울음소리가 들린다. 무엇이 사람들을 저토록 울게 하는가. 가슴에 싸아… 하고 싸늘한 바람이 인다. 목까지 차오르는 번뇌를 삭인다. 얼마나 시간이 흘렀을까. 눈을 뜨니 동쪽 하늘에 불그스레 먼동이 트기 시작한다. 어둠은 사라지고 붉은 해가 점점 하늘을 열고 있다.

닷새 동안의 수련의 일정은 모두 끝났다. 땀에 찌든 옷을 입은 채 수련원 앞 계곡물에 몸을 담근다. 흐르는 찬물이 열기에 달았던 몸을 식힌다. 오랜만에 바람과 나무가 내게로 다가왔다. 평상의 옷으로 바꿔 입고 일주문을 나서면서 경건한 마음으로 두 손을 모은다. 주차장으로 가는 숲길에 솔향이 짙다. 건너편에서 누군가가 손을 흔든다. 아내가 활짝 웃고 있다.

다음 해 봄, 나는 복직되면서 임원으로 승진되었다.

3부

\

장작, 그 황홀한 불꽃

사시 사계절, 비가 오거나 눈이 올 때, 몹시 춥거나 더울 때, 날씨에 따라 문을 열고, 닫는 직장을 서른 해나 다니는 나는, 어찌 생각하면 불행하다고 여겨지지만, 다른 한편으로는 그런 행운도 많지 않다고 자위한다. 한겨울에는 눈은 오지 않아도 이미 내려서 쌓인 눈으로 며칠씩 영업장의 문을 닫기도 하여, 나에겐 천금 같기만 한 이런 날은 곧잘 마음이 들떠 아무 곳이나 생각나는 대로 길 떠날 채비를 한다.

강원도 인제에 가려고 마음먹은 것은 결코 우연이 아니다. 병든 아내의 요양을 위해 도시를 떠나 깊은 산골에서 자연인이 된 친구의 얼굴을 보는 것도 떠나는 목적의 또 다른 핑곗거리기도 하다. 나의 전화를 받은 그가 잠은 자기 집에서 자라고 권했지만 민박집 골방 하나 빌려 놓으라고 생떼를 썼다. 환자가 있는 집에 괜한 폐가 되는 것도 언뜻 마음 내키지 않았지만, 마음만 먹으면 그날로 돌아올 수 있는 길을 나만이 호젓하게 즐기고 싶은 금쪽같은 기회를 그냥 버릴 것인가 하는 마음이 앞섰다.

영업장에 쌓인 눈이 녹을 한 주일도 안 되는 하루 이틀 동안이라서, 세면도구 외에 별로 준비할 것도 없다. 시골 구석이라 신용 카드보다 현금 쓸 일이 더 많을 터이니 지갑에 현금만 몇 푼 있으면 족하겠다. 그리고 승용차에 연료만 가득 넣고 떠나면 마음이 한결 든든하지 않겠는가. 아침밥이야 가다가 고속도로 휴게소에서 해결하는 게 오히려 마음이 편하다.

이른 아침 숙소에서 나와 영동고속도로에 차를 얹었다. 도로는 이미 제설작업으로 길가에만 잔설이 조금 남았을 뿐 말끔하다. 가다가 원주의 중앙고속도로를 들기 전에 문막휴게소에서 막국수로 아침 한 끼를 때우고, 떠난 길은 어느새 원주 분기점이 금방이었다. 55번 중앙고속도로로 바꿔 탔다. 횡성을 거쳐 홍성을 빗겨나서 31번 도로에 들어선다. 조금 가다 만난 갈림길에서 오른쪽의 창촌, 율전 가는 길을 접어두고, 좌회전하여 상남 가는 길로 향한다. 내린 눈이 그대로 하얗게 쌓인 내린천을 따라가다가 현리에 못 미쳐 친구에게 전화를 했다. 먼 길을 달려왔지만 점심때까지는 아직 여분의 시간이 남아 있었다.

민박집은 적막 속에 깊이 빠져들었다. 밤이 깊었는데 잠이 오지 않는다. 오래간만에 만나 풀어헤친 회포와 막걸리 몇 사발에 더운 방안의 온기까지 겹쳐 잠자리에서 한참 뒤척이다가 기어이 참지 못하고 마당으로 나왔다. 저녁까지 추위를 업고 하루 종일 징징대던 바람도 그새 멈추어 있었다.

어쩌다 시골에 여행을 가서 온돌방에 잠잘 일이 생기면 뜨거운 아랫목은 마다하고 일부러 사람이 들락거리는 문 앞에 잠자리를 잡는다. 방안의 열기를 피해 문틈에 코를 대고 바깥 공기를 맡아야 살 것 같아서이다. 잠이 들 동안 나의 코와 입은 문틈에 새어 나오는 찬바람을 맞아야 가슴이 뚫린다. 어릴 때부터 십 년을 넘게 적산가옥의 다다미방에서 자란 몸이다. 겨울에 난방이라고는 코타츠[炬燵]에 숯불을 피워 이불 속에서 몸뚱이만 데우고 얼굴은 항상 찬 냉기에 길들여져서인지 방 안이 더우면 답답하기만 하다. 살아오면서 이 증상은 많이 무뎌졌지만, 아직 별난 후유증으로 남아 이따금 한 번씩 증상을 나타낸다.

화장실에 갔다가 어두운 부엌 쪽에서 인기척이 났다. 누군가 하고 봤더니 저녁나절에 잠시 본 주인아저씨가 아궁이를 들여다보며 군불을 때고 있다. 삭정이와 장작을 수북이 쌓아 놓고 연방 장작을 넣으면서 불길을 틔우고 있다. 불길은 집주인의 얼굴과 앞가슴을 검붉게 물들이고, 차곡차곡 쌓아 놓은 장작더미에 깊게 파인 그림자를 만들어 어둠 속에서 한 마리의 맹수가 웅크리고 있는 듯하다. 빛과 어둠이 강렬하게 조화를 이루는 한 폭의 명화를 보는 것 같다. 그는 빙긋 웃으며 옆자리에 앉으라고 권하며 땅바닥에 장작 몇 개를 깔아준다.

아궁이 속은 장작이 타닥타닥 불꽃을 튀겼다. 마치 붉은 꽃잎처럼, 아니면 육계의 지옥도처럼 붉은 혓바닥을 내밀어 날름거렸다. 사이로 바람은 넘실넘실 춤을 추며 불꽃을 희롱했다. 붉은 드레스를 입은 여인이 치맛자락을 날리며 요염한 모습으로 격렬하게 몸을 흔들었다. 생명이 다한 물상에 타오르는 불꽃이 이처럼 고혹스러울 수 있을까. 군불은 뭉근하고 은근하게 오래 타야 제격이라지만, 불꽃은 왕성하고 성급하게 타오를수록 아름답게 보인다. 나는 여태 장작 타는 불이 이렇게 황홀하다는 걸 미처 몰랐다. 아궁이 속은 마법의 동굴이었다. 붉은 불길 속에 장작이 타면서 뿜어내는 향기가 코를 자극했다.

"무슨 나무 냄샌가요?"

"참나무도 있고, 소나무도 있네요. 소나무는 타면, 불꽃도 오래가고 특히 송진 냄새가 좋아요."

그는 담담히 웃었다.

"부엌이 온통 불쏘시개 같은데 위험하지 않나요?"

내 물음에 그는 부뚜막 조황신이 지켜주셔서 그럴 염려는 없다며 '하하' 웃는다. 천장은 검게 거슬려 있어도 부뚜막과 무쇠솥은 잘 닦여져 반들반들 윤이 났다. 그는 아궁이 불 땔 때는 일을 마치 밥을 먹고 숭늉을 마시는 듯 수월해 보였다. 모든 일이 도시의 사람처럼 각다분하지 않고 몸으로 때우는 사람이었다. 그는 부지깽이로 주섬주섬 아궁이의 불 속을 들쑤시더니 은박지에 싼 덩어리 서너 개를 끄집어냈다. 그가 먹어보라며 풀어헤친 은박지 안에는 노랗게 익은 고구마가 모락모락 김을 올렸다. 달달한 맛에 구수한 냄새는 덤이었다.

아침에 집주인은 장작을 패고 있었다. 장작은 자신을 해체하는 날카로운 도끼날에 몸통을 내밀고, 멎어버린 연륜들은 쩌억쩌억 쪼개지며 미련 없이 몸을 갈랐다. 그들은 삶의 종말을 앞에 두고,

옛날 푸른 잎으로 살면서 바람에 흔들리던 그때를 기억할 것이다. 그가 장작을 보는 눈길은 부드럽고 따뜻하다. 내 눈에는 마루, 처마 밑, 곳간마다 쌓여진 장작들이 마치 도시의 부자들이 금고 속에 은밀히 숨겨놓은 금괴보다 더 값진 부의 상징처럼 보였다.

　이제 장작은 몸을 태워 좁고 어두운 구들장을 뜨겁게 누비고, 에움길을 돌아 푸른 하늘 어디론가 사라질 것이다. 아니면 영롱한 사리를 남길 어느 스님의 다비목이 되어 흙 속에 뿌려질지, 모든 생의 끝은 아무도 알지 못한다.

자투리

"기리빠시切れっ端!"

그는 나를 보더니 불쑥 손에 든 쇼핑백을 내밀었다. 그가 말로써 구구한 설명이 없어도 쇼핑백에 담긴 물건이 무엇인지 대충 짐작한다. 그만큼 나에겐 익숙한 물건이기 때문이다. 선물은 봉투에 잘 그려진 삽화만큼이나 화려하거나 값진 물건은 아니다. 그렇지만 나는 받을 때마다 두 손을 모으면서 공손한 인사말은 빠뜨리지 않는다.

"감사합니다."

그는 한국에 올 때면 거의 대부분을 선물이라며 카스텔라 한 상자를 종이봉투에 담아 들고 온다. 그러면서 언제나 '기리빠시'라는 일본어 단어 한 마디를 건넨다. 그 한마디는 그의 얼굴에 두드러지게 보이는 짙은 눈썹처럼 따라다닌다. 여태 경험하지 못한 사람들은 그가 때때로 가져다주는 종이봉투 속의 선물을 처음 열어보는 순간 괴상한 탄성이 절로 나온다. 상자 속에 든 주인공이 미처 상상하지 못한 물건이고 보면 놀라는 것이 결코 이상한 일이 아니다. 그것은 노릇하게 구워진 색깔이나 촉촉하면서도 달짝지근한 맛과 냄새까지 상자 속을 가득 채운 것은 포장되지 않은 카스텔라의 '기리빠시'인 것이다.

그의 말에는 자투리라는 우리말 대신 생소한 일본말이 주저 없이 자주 나온다. 숱한 세월이 흐른 지금까지 오만 가지 단어들이 일본의 잔재로 곳곳에서 살아 있는데 반세기를 훌쩍 뛰어넘는 일상이 다른 민족 풍습에 길들여져 있는 그는 우리말의 뜻과 소리를 쉽게 이해하고 제대로 듣기나 했을까.

'기리빠시' 이 말의 자전적 의미는 우리나라 말로 '필요한 부분을 잘라낸 나머지의 작은 부분' 다시 말하면, 자투리, 토막, 조각쯤이면 본래의 뜻에 가깝겠다. 쓸모를 가늠할 수 없는 작은 조각들이 어디에 이어지고 무엇과 붙여져서, 어떤 물건으로 탄생될지 미리 결정되지 않는 불확실한 존재. 봉제 공장의 재단 조각, 목공소의 나무 조각, 철공소의 쇠붙이, 회를 뜨고 남은 생선 머리 같은 등등의 것들을 말한다.

대부분의 교포들이 그러하듯 그도 약관의 몸으로 혈혈단신孑孑單身 나라 없는 슬픔을 몸소 뼈저리게 겪었을 것이다. 평소 그의 말처럼 남의 나라에서 뿌리를 내리기까지 근검과 절약은 생활의 신조가 될 수밖에 없었고, 눈물겹도록 처절한 인내는 오늘의 결과를 있게 하지 않았을까. 그는 점차 교포 사회뿐만 아니라 일본 관동지방 일원에서 유수의 제빵 업계 기업가로 살아남았다. 사업 범위를 넓혀 부동산 임대업 유기 사업을 병행하는가 하면, 교포의 권익을 위하여 민단 조직에도 관여하여 물심양면으로 기여했다.

노년이 되어 그동안 일군 재산 중 일본의 재산은 대부분 두 아들에게 맡겼고, 백혈병으로 오랫동안 서울에 머물러 있는 부인의 뒷바라지까지 해야 했다. 그러다 보니 고국에 다니는 일이 잦았고, 일본에 있는 그의 저택은 늘상 빈집으로 남았다. 그런 탓으로 가족끼리 집밥 먹는 걸 그리워해서 어쩌다 우리 집에서 끼니라도 대접하면 그렇게 좋아할 수가 없었다.

그의 사업에 대한 성공 방식대로 선물로 가져오는 카스텔라는 공장 제빵 기계에서 빵이 구워져 나오면 상품되는 부분을 칼로 자르고, 가장자리에 남은 자투리만을 가져오는 것이다. 처음 선물이라며 받았을 때는 다소 의외라는 느낌이어서 뜨악한 기분이었다. 비록 자투리이긴 하나 모양새만 다를 뿐, 특유의 풍미는 어느 하나 모자람이 없어 가끔씩 나와 주위 사람들의 심심풀이 간식이 되었다. 그의 세상 살아가는 방식을 이해하고 난 뒤부터는 오히려 그에 대한 경외심은 알게 모르게 부풀어 올랐다. 눈치코치 볼 일 없이 서슴없이 쏟아내는 그의 마음 씀씀이에 무한한 친근감이 묻어난다. 한낱 빵이라는 음식의 허접스런 자투리를 선물이라며 현해탄을 건너서까지 가져온 그의 정성이나 이를 기쁘게 받는 나나 서로가 유유상종類類相從의 질긴 인연이 아닌가.

지나간 한때, 나는 사회적 자투리가 되어 혼자 괴로워하여 젊은 오기를 앞세워 회사를 박차고 뛰쳐나온 일이 있었다. 그는 일본에서 부랴부랴 귀국하여 자초지종 사연을 듣더니 뎅그러니 빈집으로 남은 그의 일본 저택에 나를 불러들였다. 그는 내가 도착한 첫날부터 철없는 개구쟁이 노릇은 서슴거리지 않았다. 자전거 꽁무니에 나를 태우고 비릿한 유황 냄새가 뭉실뭉실 솟아오르는 노천의 남녀 혼탕에 집어넣어 낭패를 보게 하는가 하면, 와인 시음장에서 단돈 1엔 한 푼 쓰지 않고 오후 한때를 해롱거리게 만들었다. 그때까지는 사회에서 버려지려는 폐기물을 자투리라도 남겨 새 자원으로 재탄생시키려는 그의 깊은 속뜻을 알지 못했다. 우매하게도 그가 나 같은 자투리에게 그의 전 재산을 걸었던 사실을 까맣게 모르고 있었다. 그에게는 분명 도박이었을 것이다. 다행히 그의 화투패는 나를 자투리에서 도사리 운명을 벗어나서 반자치 축에라도 끼게 하여 그나마 존재 이유의 계기를 만들어 준 것이 아닌가. 내가 그 사실을 알았을 때는 그는 이미 이 세상의 사람이 아니었다.

그는 부인의 죽음과 오랫동안 앓아오던 노인성 난청 증상으로 모든 소통은 필담에 의존하고 전화도 불통이 되었다. 그가 나에게 보낸 마지막 편지는 2019년 10월이었다. 구구절절 외로움이 묻어났다. 이후로 일체의 소식이 끊겼다. 작년에 인편으로 그가 일본의 어느 양로원에서 세상을 떠났다는 비보를 들었다. 그가 세상에 태어난 지 103년 만이다. 한동안 가슴이 먹먹했다. 그의 어린애같이 순진한 얼굴이 눈에 선하게 떠오른다. 그는 세상을 떠나면서도 나에게 자투리가 아닌 크나큰 족적으로 남아 내 가슴 깊숙이 그대로 살아 있다.

목욕탕 가는 길

목욕탕에 가려고 집을 나선다. 횡단보도 앞에 서서 신호가 바뀌기를 기다린다. 목욕탕은 이름이 동네 목욕탕이지 버스 정류소 한 개 거리를 훌쩍 지나야 하고 왕복 6차선 횡단보도를 세 개씩이나 건너야 하는 고난의 순례길이다. 오늘도 아내의 성화에 못 이겨 쫓기듯 집을 나와 차들이 성난 늑대처럼 으르렁거리는 횡단보도를 건너 목욕탕으로 간다. 길을 건널 때마다 철갑의 늑대가 갑자기 덮치지나 않을까 하는 두려움에 마음을 졸인다. 횡단보도 하나를 건너기도 아찔한데 연달아 세 개씩이나 건너다니.

설상가상으로 아내는 한 달에 십만 원씩 내고 월 목욕을 하라고 다그친다. 나는 그럴수록 미적거리며 월 목욕 표를 사지 않는다. 아내가 나를 목욕탕으로 쫓아내려는 속셈을 알고 있기 때문이다. 욕실에서 비눗물을 튕기며 지저분하게 어질러 놓거나 한 번에 젖은 수건을 몇 장씩 세탁기에 담아내는 것은 고사하고라도 나이 들어 곰팡내를 폴폴 풍기는 것은 더욱 질색이니까. 이틀이 멀다 하고 온몸을 훑어가며 검색을 하거나 덮고 있는 이불을 사정없이 걷어내고 코를 킁킁거리며 냄새를 맡을 때마다 모골이 송연하여 팔

다리가 조여든다. 그러고도 스스로 측은지심惻隱之心이라 참칭하니 일러 더 무슨 말을 하랴. 고집스레 한참을 바장이다가 일주일에 한두 번쯤은 고된 순례길을 간다. 나머지 날들은 어거지로 집에서 샤워를 하고 때운다. 다행히 한 달의 목욕비는 월 목욕비의 절반도 되지 않아 남는 돈이 제법 짭짤하다. 궁색한 대로 한 번에 거액을 내지 않아도 괜찮을 만한 핑계는 충분한 셈이다.

목욕탕은 골목시장 입구에 있는 삼층집이다. 일층 창구의 살피듬이 좋아 보이는 주인아주머니에게 목욕비로 만 원을 주면 동네 주민 할인 1천 원, 경로우대 할인 1천 원 합계 2천 원을 공제하고 거스름돈 5천 원과 수건 한 장을 준다. 수건은 목욕탕의 입장료 영수증인 동시에 목욕한 후 몸을 닦아야 하는 유일한 공짜 제공물이다.

2층에 있는 탈의실은 옷장이나 집기들이 나이를 먹어 깔끔하지는 못해도 그렇다고 지저분하지는 않다. 지나온 나이에 비해 정성들여 간수한 흔적이 뚜렷해서 마음이라도 한결 가볍다. 시설이나 분위기가 꼰대를 닮아서인지 젊은이들이나 아이들의 발걸음이 뜸하다. 옷장은 마치 아파트의 우편함처럼 다닥다닥 붙었고 겨울에는 두꺼운 옷 때문에 옷장 문을 닫기도 애를 먹는다. 문짝마다 고무줄에 꿴 열쇠가 달랑거린다. 마치 잠자리가 열쇠 구멍에 붙어 있는 것 같다. 옷을 넣고 잠그는 사람도 있고 옷을 넣은 채 문을 열어 놓거나 아예 옷장 문에 걸어두는 사람도 있다. 그래도 아무 탈이 없는 건 동네 인심이 아직 쓸 만한 탓일 게다.

탈의실 한쪽에 이발소가 자리 잡고 있다. 주인은 거의 종일 소파에 앉아 TV를 보거나 이발 의자에 앉아서 졸고 있다. 나이가 산수傘壽를 지난 지가 한참 되었다. 열일곱 살 때부터 이발 기술을 배워 한 시절 돈도 많이 벌었으나 요즘은 하루에 기만 원도 손에 쥐기 힘들다고 하소연이다. 나는 다니던 단골 이발소가 문을 닫는 바람에 이 목욕탕에서 이발했더니 아내는 이발 솜씨가 옛날 이발소만 못하다고 한다. 하지만 단골이 따로 있던 그때처럼 이발소 주인의 눈치 볼 일 없어 마음이 한결 편하다.

아침나절에 공원에서 운동하는 사람들을 제외하면 목욕하는 이들이 별로 없다. 대부분 근동에 사는 사람들이라 목욕탕에 모이기만 하면 떠들썩하다. 동네 의사도 벌거벗은 채 물리치료도 해주고 형님, 아우 하며 세상 돌아가는 이야기들로 욕실 안은 언제나 시끌벅적하다. 가끔 논쟁이 벌어져 갑론을박하며 핏대를 세우기도 하지만 탈의실에 나오면 모두 '허허~' 하며 웃고 만다. 나는 코로나 때문이기도 하지만 번잡한 아침나절을 피하여 한가한 시간을 택한다. 아침과 점심, 점심과 저녁 사이사이가 가장 한적하다. 행운이 따라 그 시간에 독탕처럼 혼자일 때도 더러 있다.

김이 자욱한 욕실은 조명조차 침침한데, 타일이 붙은 곳은 물론이고 샤워기나 수도꼭지는 낡고 닳아 광택이라곤 눈을 씻고 봐도 없다. 벽에 붙은 거울은 세월의 때가 묻어 유리의 코팅이 벗겨져 군데군데 까만 자국이 얼룩으로 남아 있다. 그 속에 비친 얼굴이 검은 조각으로 이리저리 나눠지거나 샤워기 수압이 약해서 늪은이의 오줌 줄기처럼 발등에 떨어지듯 해도 불평을 털어놓는 사람은 별로 없다. 그래도 탕 물은 따끈해서 몸을 담그면 굳은 몸이 확 풀리고 마음까지 편안해져 그때만은 천국이다.

탈의실로 나와 받은 수건 한 장으로 몸을 닦는다. 이발소 주인이 이발 의자에서 아직까지 졸고 있다. 오늘도 도시락으로 점심을 때웠나 보다. 아래층 주인아주머니의 인사를 뒤로하고 밖으로 나오니 뜨겁게 익은 얼굴에 봄바람이 상큼하다. 아까 받은 거스름돈으로 길가 포터 트럭에서 참외 한 봉지 사 들고 횡단보도 세 개를 다시 건넌다.

주인 없는 얼음과자

동네 한 바퀴를 돌았더니, 세탁소가 있던 자리에 '아이스크림 할인점'이라는 새로운 간판 하나가 앙증스럽게 붙어 있었다. 건물 하나를 사이에 두고 있던 두 세탁소가 그동안 치열하게 눈치싸움을 하더니 결국 그중에 하나가 견디지 못하고 문을 닫은 모양이다. 폐업을 한 세탁소는 한때 건물주인에게 집세를 깎아달라고 통사정을 했으나 거절당했다는 소문이 돌았다. 삶의 또 다른 한 조각 모습을 보는 것 같아 마음이 애잔하다.

한나절 볼일을 보러 갔다가 집으로 돌아오는 길이다. 후덥지근한 날씨에 한참을 걸어서 다녀온 탓인지 몸에 땀이 흠뻑 배고 나른한 다리에 힘마저 맥없이 풀려나갔다. 냉수라도 벌컥벌컥 마시고 싶은 심정이던 차에 마침 길목에 있는 동네 아이스크림 가게가 눈에 띄어 문을 열고 들어섰다. 아무도 없는 텅 빈 가게 안에 냉동고만 빈틈없이 벽을 한 바퀴 삥 두른 채 가로놓여 있다. 에어컨이 없어도 냉동고에서 새어 나온 냉기가 가게 안을 기분 좋게 식혀 준다. 물건을 파는 주인이 없는 걸 보아 요즘 언택트 시장을 주도한다는 무인 시스템인가 보다. 나는 본래 선천적으로 기계치機械痴라서 가게의 주인마저 없고 보니 괜히 마음이 오그라들고 주눅이 들 수밖에 없다. 요즘은 '작은 에너지 바를 주머니에 숨기고 나가거나, 몇십 그램짜리 가벼운 쇼핑백 하나만 들고 나가도, 심지어 출입구 밖으로 상품을 던져버려도 자기도 모르게 결제가 된다.'는 대기업의 광고처럼 무인 스마트 결제 시스템이 세상을 급속도로 바꿔 나가는데, 하물며 아이스크림 가게 하나 주인 없이 지키는 것쯤이야 무슨 대수랴. '새 발의 피'도 아닐 것이다.

옛날의 엿장수는 가위를 철그렁거리며 동네를 휘돌아다녔고, 아이스케이크 장수는 "아이스께끼!" 하고 고함을 질러대며 골목길을 누볐다. 끈이 달린 무거운 상자를 어깨에 메고 다니면, 아이들은 쫄방쫄방 뒤를 따라다녔고, 어쩌다 뚜껑을 열면 하얀 김이 모락모락 올라오는 상자 속에 막대에 꽂힌 발가벗겨진 아이스케이크가 가지런히 담겨 져 있는 것을 볼 때마다 목구멍으로 얼마나 많은 군침을 넘겼는지.

바구니 하나를 챙겨 들고 냉동고 문을 여니 수많은 아이스크림과 아이스케이크가 울긋불긋 화려한 포장지를 덮어쓰고 서로 떨어지지 않으려는 듯 사이좋게 이마를 맞대고 누워 있다. 퍼먹는 조안나 투게더, 떠먹는 빵빠레, 초코마루가 있는가 하면 떡붕어, 빵도야는 떡이나 빵으로 아이스크림을 알처럼 품었다. 먹지 않고 보고만 있어도 온몸이 으스스한 죠스, 삶은 밤 맛 나는 바밤바, 누가 볼까 봐 혼자 먹는 누가바, 달콤한 밀크세이크의 설레임, 누가 얼마나 많이 먹나 내기를 하면서 입술이 텅텅 얼도록 먹은 그 옛날의 석빙고는 물론이고, 설빙, 바나나, 더위사냥, 거북알, 폴라포, 쮸쮸바, 메로나, 엔초, 구구, 메론, 끌레도르, 부라보, 비비빅, 인투더, 빠삐코, 와삭삭, 옥동자 등등 수많은 얼음과자들이 다양한 이름으로 세상에 나와 가게의 냉동고 속에서 바구니에 담기기를 기다리고 있다.

본래 얼음은 자연에서 산출되는 고체로 광물로 간주되어 냉각도수에 따라 강도가 사람의 치아나 자수정만큼 단단하다고 한다. 그러나 인공으로 얼음과자를 만드는 사람들은 사각사각 씹히는 맛은 물론이고 족보도 없는 이름을 짓기 위하여 책상에 머리를 박고 수많은 시간을 고뇌했을 것이다. 아무튼 그 결실은 지어진 이름이 무엇이든, 이빨로 으깨어 먹든, 혓바닥으로 핥아 먹든, 가슴속까지 짜릿하고 시원함은 물론 온몸에 녹아나는 달콤한 맛이야 츄파춥스나 연인의 혀처럼 감미롭고 경이롭지 아니한가. 더구나 요즘처럼 돌아가는 세상살이에 울화통이 도진 사람들에게는 주전부리가 아닌 박카스처럼 잠시나마 그 효험이 탁월하다. 그러나 부디 너무 많이 드시지는 마시라. 잘못하면 댁의 화장실이 고달프리라.

어느새 하늘이 유달리 높고 파랗다. 옷깃 사이로 서늘한 바람이 인다. 이 바람 끝에 노란 은행잎이 거리에 뒹굴면 아이스크림 할인점은 추위에 밀려 세탁소처럼 또 다른 간판으로 바뀔지 알 수 없다. 하지만 그러한 걱정은 괜한 기우인 것 같다. 울화병에 병든 사람들은 계절에 관계없이 코로나처럼 잦아들 줄 모르고, 얼음과자 덕후는 자고로 여름보다 차디찬 겨울에 이빨로 '와사삭' 부셔 먹는 쾌감이 탱천한데 오장이 시원하게 뚫린 맛을 어찌 버리랴. 마치 엄동설한에 처마 끝에 주렁주렁 매달린 고드름을 뜯어먹던 그 상쾌한 기분을.

나는 난생처음으로 주인 없는 가게에 혼자 와서 마치 도둑질하듯 몇 가지 얼음과자를 바구니에 담아 넣었다. 그리고는 행여 글감이라도 될까 하는 새로운 호기심이 발동하여 냉동고에서 종전에는 미처 보지 못한 얼음과자 이름들을 주어다 수첩에 적어 넣고 있는데, 별안간 어디서 "여보세요, 손님! 지금 뭘 하고 계세요." 하는 굵은 남자의 목소리가 들려왔다.

화들짝 놀라서 주위를 둘러봐도 사람이라고는 이 가게에서 나 혼자뿐인데 이 소리는 대체 무슨 해괴한 조화인가. 가게 어느 구석에 주인이 숨어서 벽에 구멍을 뚫고 일거수일투족을 살살이 살펴보고 있구나. 나는 하던 일을 멈추고 동동거리는 심정을 억누르고 기계가 시키는 대로 순종하는 착한 어린이처럼 얼음과자의 바코드를 찍었다. 그리고 마지막 명령에 따라 신용카드를 빼내고는 쫓기듯 가게를 빠져나왔다. 길거리는 한고비 가다가 돌아선 더위의 기세가 꿈틀거렸다. 비닐봉지 속에 든 얼음과자가 행여 녹을세라 마음을 졸이며 종종걸음으로 집으로 향했다.

참 무서운 세상이다.

커피를 마시며

아침, 빵床을 물리고 나면, 나와 아내는 커피를 마신다. 장대 같은 녀석들을 모두 짝을 맞춰 보내고, 남은 두 사람만이 덩그러니 집을 지키고 난 뒤부터 매일 겪는 일상이다. 차라야 간혹 우리나라 녹차나 중국차 일본 차를 마셔보기도 하지만 거의 하루도 빠지지 않는 것은 커피밖에 없다. 아침마다 손수 갈아낸 원두가 필터를 통해 뜨거운 갈색 물방울이 되어 커피포트에 떨어지는 과정을 바라보면, 커피를 마시도록 준비하는 자질구레한 번거로움쯤은 어느새 즐거움으로 바뀌고 만다. 음식을 먹고 텁텁한 입 속을 뜨거운 커피 한잔으로 깔끔하게 가시게 하는 건 나만의 습관이겠냐마는 나에겐 잊지 못할 나름의 기억이 있다. 그 기억은 특별한 추억거리도 되지 않은, 어찌 보면 아주 하찮은 일인데도 머리에서 떠나지 않고 있는 것이다. 생각하면 기억이란 유별난 것만이 뇌리에 남아 있는 것은 결코 아닌가 보다.

내가 처음으로 직장을 가진 스무 살이 갓 넘었을 때다. 직장은 광복동 입구에 있었다. 회사에 가려면 동광동과 광복동 사이의 조그마한 골목길을 지난다. 한참에 세 사람이 지나기도 빠듯한 좁은 길이다. 양쪽으로 촘촘히 늘어선 다방들이 여남은 개쯤은 되었다고 기억한다. 사람들은 이 길을 다방골목이라 불렀다.

나는 아침마다 이 길로 지나며 출근한다. 이른 아침 골목길을 들어서면 다방 종업원들이 물을 뿌려가며 깨끗하게 비질을 한 골목길에 상큼한 아침 공기와 함께 커피의 독특한 향기가 사방에서 퍼져 나와 온 골목을 가득 메운다. 출입문을 활짝 열어 놓은 다방에서 모닝커피라며 달걀노른자와 함께 주는 커피 맛보다 날마다 출근길에 맡아보는 커피를 우려낼 때 풍겨져 나오는 그윽한 풍미가 더욱 코를 자극했다. 그 골목을 지나칠 때면 나는 한층 코를 벌렁거리곤 했다.

그 시절의 커피처럼 설탕 우유가 들어간 달짝지근한 커피를 요즘 사람들은 다방 커피라며 돈을 내고 사서 먹을까. 세월이 한참 흘러 커피라면 차고 넘치는 지금보다 그때의 커피 향이 유달리 짙은 건 아무래도 세월이 남긴 흔적 때문일 게다. 햇수로 회갑을 한참 지난 오늘까지 그 정갈한 골목길에서 안개처럼 퍼져 나온 커피 특유의 향기는 아직도 머리에서 사라지지 않는다.

두 사람이 커피를 마시는 동안 별로 할 말은 없다. 말은 없어도 주고받는 눈빛만 봐도 뜻을 알 만큼, 함께 보낸 반백 년은 화살처럼 빠른 세월이었지만 어찌 보면 참 오랜 나날을 함께 살아왔다고 느껴진다. 두 사람 사이에 간난신고艱難辛苦가 할퀴고 지나간 자국이 어디 한두 군데뿐이랴마는, 그래도 여기까지 온 것만으로도 얼마나 대견스럽고 감사한지 모른다. 그러나 아내는 나를 빤히 쳐다보며 '툭' 하고 말을 던진다.

"어느새 반백 년을 살았네, 엔간히도 오래 살았다. 이제 우리도 남들처럼 졸혼을 하든지 이혼 한번 해 봅시다."

말로서는 아내에게 이길 재간이 없다. 속 뒤집히는 협박에 나도 한마디 응수할 수밖에.

"그래, 나도 오십 년 세월 동안 진저리가 난다. 진저리가. 이제 미련 없이 찢어지고 말자고!"

가끔씩 커피잔을 앞에 놓고 티격태격하면서 마지막에 꼬리를 내리는 사람은 결국 나밖에 없다.

아내가 커피를 마시며 음악을 듣는 게 즐겁나 보다. 처음에는 조용한 클래식을 좋아하더니 어느 날부턴가 트로트에 푹 빠져 있었다. 마치 커피포트에서 제 머그잔에 부어 마시는 커피처럼.

보라색과 하늘색 찻잔의 표면에는 각각 옅은 안개가 새벽처럼 해맑아 보인다. 속은 부드러운 미색의 유약을 발랐다. 겉과 안의 색상이 모두 천박하지 않다. 밑동을 빙 둘러 제품의 브랜드가 영어로 양각되어 마무리된 머그잔 커플 한 쌍. 십여 년 전 아내가 백화점 도자기 판매 행사에서 사 가지고 온 제품이다. 보라색은 아내 것이고, 하늘색은 내 것이다. 그것들은 밥상이나 빵상을 가리지 않고 언제나 중후한 모습으로 십여 년 동안을 식탁에 마주 앉은 두 사람의 증인이 되었다. 커피포트에서 뽑아낸 커피가 입안에 느끼는 묵직한 무게만큼 사시사철 투박하고 육중한 자태로 우리의 손에 둔중한 체중을 안기고, 두 사람 앞에 똑같이 묵묵히 버티고 앉아 자리를 지켰다.

아내가 커피잔을 비우고 제 방으로 들어간다. 쓰던 사경寫經을 계속 이어 쓸 모양이다. 한 달에 한두 권씩 배달되는 책이 벌써 해를 세 번이나 넘긴 것 같은데 모두 80권쯤 된다는 사경이면 그 두께가 어느 정도일까 하고 가늠할 수도 없다. 여태 쓰고 쌓아 놓은 책의 두께가 두 자尺는 족히 넘겠는데 앞으로 높이가 얼마가 더 올라가도록 써야 할까. 아내는 그 양이 얼마가 될지 알 수 없으나 다 쓰고 나면 두었다가 내가 세상을 떠날 때 관 속에 반을 넣고 자기가 죽을 때 나머지 반을 넣어 가져갈 것이라는 야무진 결심이다. 요지부동의 부처님 마음이다. 이렇게 나의 저세상까지 정성으로 챙기는데 좋아하는 트로트를 큰소리 내어 듣는다고 핀잔주지 말고 차라리 맞장구를 쳐주며 그냥 둘 걸 그랬나 하고 후회가 된다.

아내가 자리를 뜬 식탁 자리가 허전하다. 더구나 내 하늘색 잔 앞에 댕그라니 빈 잔으로 남은 보라색 머그잔이 더욱 쓸쓸해 보인다. 갑자기 생각지도 않은 상상이 머리를 든다. 두 사람 중 누구든 사경의 반이 관 속에 들어가고 난 뒤 홀로 남아야 할 현실에 대한 두려움. 두 색깔의 머그잔 중 어느 하나만 남게 되는 그 허망함. 혼자 살아갈수록 깊어지는 외로움. 아내가 처음 커플 머그잔을 샀을 때, 어느 때쯤 필연적으로 다가올 미래를 엄두에나 두었을까. 어쨌든 이별은 인간이 피할 수 없는 숙명이 아닌가. 나는 나도 모르게 고개를 절레절레 흔들었다. 그럴 수 없다. 아무리 갈 길이 바쁘더라도 태어난 순서대로 가는 게 순리가 아닌가.

유월에 그곳이 그립네

유월, 여름의 문턱에 다가선다. 겨울이 지나 이제 봄인가 했더니 어느새 막 찬물에 얼굴을 씻은 청년의 얼굴 같다는 오월의 봄은 그 자리를 여름에 넘겨주고 떠났다. 가로수 나뭇잎이 하루하루가 다르게 초록색으로 짙어지고 나뭇가지 사이로 엉성해 보였던 하늘조차 언제 그랬냐는 듯 무성한 잎을 달고는 그늘 밑에 사람들을 불러 모은다. 아파트 화단에 빨갛게 피었던 철쭉꽃을 대신해 어른의 키보다 훨씬 큰 접시꽃 나무가 줄기에 꽃망울을 주렁주렁 매달고 꽃잎을 활짝 펼쳐 따가운 햇살을 받는다. 키꼴 치고는 꽃이 퍽 예쁘다. 계절이 바뀔 때마다 자연은 어김없이 경이로운 모습으로 우리들 앞에 다가선다.

사람마다 좋아하는 계절이 있을 터인데 사계절을 모두 좋아한다는 것은 지나친 욕심일 것이고, 한 계절만 선택하라면 나는 주저 없이 겨울을 택하겠다. 이 여름에 웬 뚱딴지같은 소리냐고 어이없어할지 몰라도 끈끈하게 달라붙는 여름의 열기와 멍청한 머릿속을 파고드는 느슨한 권태가 몸에 두텁게 안겨들수록 추위가 짱짱한 겨울의 매력에 빠진다. 가을의 막바지에 마지막 흔적까지

지우고 홀가분한 빈 몸으로 와서 다음 해 새봄을 맞을 동안, 나무들의 인고의 시간들이 마음속에 남아 더욱 깊은 연민을 남긴다.

그곳은 여름이 유난히 덥고 겨울은 그만큼 춥다. 아마 위치가 내륙 깊숙이 자리 잡고 강과 하천이 많은 탓이리라. 그래서인지 시월쯤 되면 하얗게 서리가 내리고 이른 아침에는 강이나 하천에 물안개가 자욱하게 목화솜처럼 피어오른다. 때를 가리지 않고 눈이 많이 오는 것은 접경이 강원도의 험난한 산세 때문인지도 모른다. 한 번 내린 눈은 잘 녹지 않아 어떤 때는 한 달이 넘도록 쌓여 있다. 봄이 되어 들판에 꽃이 피어나도 사정없이 눈은 내린다. 거의 해마다 눈 속에서 봄꽃을 본다.

밤새 눈 내린 아침은 참 아름답다. 눈 내린 광경이 아무리 아름다워도 회사에서 그에 대한 찬사를 보내는 것은 금기사항이다. 이곳은 내가 이십 년 가까이 나와 내 가족들이 밥줄을 지탱하는 골프장이다. 이곳에서 언감생심 미운털이 박힌 눈을 찬양하다니. 그날 강설량에 따라 수천만 원에 이르는 거액의 수입금 향방이 하루 사이에 결정된다. 경우에 따라서는 한 달쯤 영업을 정지하거나 심지어 한 계절을 공칠 때도 있다. 한 계절에 수억대의 수입금이 눈 속에 묻힌다. 눈이 오면 그날의 일기예보를 참고로 오늘과 다음날 영업을 감안하여 제설 작업 여부를 결정한다. 골프장의 전체 부지가 부산시민공원의 세 배가 훨씬 넘는 광대한 면적인지라 최소한의 시설에 국한하여 제설 작업을 하더라도 결코 쉬운 일이 아니다. 어떤 방법이든 잔디의 뿌리에 상처를 주어 생육에 나쁜 영향을 주기 때문이다. 돈 문제를 감안하지 않는다면 내린 눈을 이불 삼아 잔디를 그대로 재우는 것이 최선이다. 잔디는 따뜻한 눈을 덮고 깊은 잠에 빠져들며 자란다. 숙면한 잔디는 이듬해가 되면 밀도가 촘촘하고 생육이 왕성하다. 사정이 이쯤 되니 눈 내리는 풍경을 낭만인 듯 어찌 쉽게 입에 오르내리겠는가.

밤새 눈이 온 날은 영업에 관계없이 아침 일찍 코스의 상태를 둘러본다. 관리 직원과 동행하지만 가끔 혼자 가기도 한다. 혼자 가는 때는 남이 모르는 확실한 저의가 있다. 나만의 계획이 숨어 있는 것이다.

그들을 만나러 홀로 여행을 떠난다. 아무도 밟지 않은 아침 햇살에 비친 산과 들판은 은빛 세계로 눈부시다. 한발 한발 걸음을 옮길 때마다 '뽀드득' 소리를 내고 발끝에 차여 흩어질 때는 은가루처럼 반짝인다. 눈 위에 찍혀가는 나만의 발자국을 뒤돌아보면서 무한한 행복에 젖는다. 까투리나 장끼의 앙증스러운 발자국과 고라니, 산토끼의 낙관처럼 찍힌 발자국이 눈밭을 헤매다가 총총히 숲속으로 사라진다. 순백의 넓은 공간에 남겨진 그들의 조그마한 흔적은 거대한 여백을 남긴 한 폭의 동양화 같다. 이 발자국의 임자들은 모두 어디로 갔을까. 우듬지에 내린 눈을 이불 삼아 자고 있을까. 아니면 어느 굴속에서 함함한 어미 품에 안겨 있을까. 갑자기 '쩌엉~' 하고 우레 같은 소리가 산을 흔든다. 소리에 놀라 나무 위의 산새들이 푸드덕 하늘로 날아간다. 산속에서 부끄럽고 굴욕스러운 사달이 났다. 곧게 뻗어 있던 청청한 소나무 가지가 하얀 눈을 뒤집어쓰고 땅바닥에 맥없이 주저앉는다. 밤새 내린 눈의 무게를 이기지 못하여 속살이 하얗게 찢겨진 채 비참한 최후를 마친다. 깃털보다 가벼운 눈발이 수십 년 풍상을 겪은 장대한 소나무조차 무릎을 꿇게 한다. 엄연한 자연의 섭리에는 사람의 힘도 미치지 못한다. 언 땅이 풀리면 상처 난 나무를 베어내고 새 나무를 심어야 한다.

부는 바람이나 잣나무 위의 다람쥐 때문에 흩날리는 은빛 눈가루가 허공에서 보석처럼 반짝인다. 나 홀로 하얗게 덮인 눈밭에서 독재자처럼 군림한다. 벌판을 지나고 깡깡 얼어붙은 개울을 건너 숲속으로 향하는 발걸음은 지치지 않는다. 자드락길을 지나 내가 가끔씩 오롯이 와서 앉았던 상수리나무 밑에는 며칠 전만 해도 수북이 쌓였던 낙엽들이 눈 속에서 깊은 잠을 잔다. 새들과 나무들과 잣나무 위의 청설모까지 서로의 안부를 묻던 숲속의 친구들은 새봄이 올 때까지 기다려야 할 것 같다. 기다리는 시간은 길지만 반드시 올 것이라는 믿음이 확실하니 이제 금방일 게다. 비록 흔적들은 사라졌지만 눈빛으로 소식을 묻고 내 안부를 나뭇잎 엽서로 띄울 것이다.

돌담 옆 매화나무 가지에 소복이 눈이 쌓였다. 굽고 비틀어진 가지에 매달린 꽃봉오리는 융동에도 소담스레 흰 눈을 덮어쓰고 있다. 수줍은 처녀처럼 빠끔히 열린 꽃잎 사이로 참새의 혀처럼 내민 꽃술에 마음이 애잔하다. 해가 비치면 제일 먼저 꽃잎을 열 것 같다.

발목까지 푹푹 빠지는 눈밭과 숲속을 걷고 나면 등에 땀이 후줄근하게 배어난다. 산짐승 발자국 말고는 아무도 내디디지 않은 이른 아침에 밤새 자고 나온 숲속의 정령들과 이곳에 살아있는 모든 것들과의 내밀한 이야기나 해후는 나에겐 둘도 없는 위안이고 보람이기도 하다. 나는 힘든 눈길을 걸을 때마다 가슴 밑바닥에 알 수 없는 희열을 느낀다. 여름이 다가오면 어김없이 겨울의 한 모퉁이가 그리운 것은 우연이 아니다. 깊은 인연에 그들이 있기 때문이다. 여름의 문턱에 서서 문득 물안개 피어오르는 그곳의 겨울이 그리워진다.

보리밥집

봄도 어느덧 무르익어 간다. 사월도 막바지에 들어서면 등짝에 따끈한 햇살이 한 움큼 내려앉는다. 봄은 여차하면 안개처럼 잠시 머물다가 바람처럼 사라진다. 바람이 사라진 자리에 여름이 성큼 다가선다.

여름이 되면 우리가 일상에 먹는 음식이 확연히 달라진다. 가짓수는 물론이고, 양도 많아지고 색깔도 짙은 만큼 풍성해진다. 맛이 달라지는 것은 물론이다. 주머니가 넉넉한 사람은 넉넉한 대로, 얄팍한 사람은 얄팍한 대로 계절을 맞는 느낌도 제각각 달라진다.

이맘때가 되면 돌아가신 외숙모님이 해 주신 보리밥 생각이 난다. 한동안 외삼촌의 실직으로 일곱 식구의 생계를 도맡아 온 외숙모님은 하루 세끼를 보리밥으로 때웠다. 그러다 보니 보리밥 짓는 솜씨는 말할 것도 없고, 삯바느질을 하면서 살림을 꾸려가는 솜씨에 외가 어른들은 칭찬을 아끼지 않았다. 궁핍한 살림으로 하루 중 어김없이 다가오는 끼니는 외할머니와 큰외삼촌의 밥그릇은 제외하고, 남은 식구들의 밥은 어쩌다 섞여져 나온 밥알을 제외하고는 쌀 한 톨을 찾아보기 힘든 꽁보리밥이었다. 그런데도 촉촉하고 알맞게 퍼져서 보리밥 특유의 밥알이 입안에서 푸슬푸슬하거나 외톨이처럼 굴러다니지 않고 목구멍으로 잘 넘어갔다. 반찬이라야 주야장천 된장찌개에 김치, 나물 등 푸성귀만 모였다. 그것마저 모두 합쳐 서넛밖에 안 됐지만 그때의 밥맛이 어찌 그리 좋은지 지금 생각해도 참 신기한 일이다.

여름에 외숙모님은 아침에 보리밥을 한 솥 하여 아침밥으로 먹고, 남은 밥을 광주리에 담아서 삼베 보자기를 덮어 시원한 그늘에 매달아 놓는다. 한나절 쏘다니고 난 후, 후줄근한 뱃가죽에 차가운 샘물로 말아 먹는 그 밥이 얼마나 맛이 있던지, 거기에 열무김치라니. 지금도 뇌리엔 그때의 회억이 눈앞에 생생하기만 하다. 그즈음 중학교에 다니던 나는 뻘뻘 땀을 흘리며 외갓집에 가서 막내 외삼촌과 노닥거리며 놀았다. 어머니는 외숙모를 괴롭힌다며 나를 몹시 꾸중하셨다. 그때야 몰랐지만 지금 생각하면 어머니 말씀처럼 외숙모의 고충은 손톱만큼도 모르는 나야말로 철부지임에 틀림없었다. 궁색한 생활에 사람의 입 하나 몫이 어찌 가벼운 일인가.

우리 부부가 가끔씩 들러 한 끼를 때우는 보리밥집이 있다. 보리밥을 먹는 것은 몇 푼의 돈으로 끼니를 때울 수 있기도 하지만, 어릴 때 돌아가신 외숙모님의 꽁보리밥이 생각나서 애틋한 추억을 되뇌어 이 집을 찾거나, 아니면 절대 지울 수 없는 이 집만의 음식 맛 때문이기도 하다.

보리밥집은 우리 집 앞 건널목을 건너기만 하면 골목길을 따라 살방살방 걸어 십 분이면 도착할 거리다. 사람 통행은 별로 없으면서, 차들만 빈번이 오고 가는 곳에 길거리 주차한 차들과 어수선하게 자리 잡은 이웃 가게들 가운데에서도 다른 가게와 달리 이 집에는 결코 흔치 않은 몇 가지 특별한 점이 있다. 처음 이곳에 왔을 때 다소 생소한 분위기 때문에 나와 아내는 한동안 뜨악했다. 그러나 지금은 알게 모르게 몸에 배어 조용하게 밥만 먹고 나온다.

먼저, 나는 몇 년 동안에 이 집의 보리밥을 먹으러 오면서 평소에 고객으로서 받아야 할 대우 대신에, 주인장에게서 받은 냉갈령에 다소나마 앙갚음을 하겠다는 심술이 간간이 목구멍에 차오르곤 했다. 그러나 하루 종일 사람들의 왕래가 뜸하기만 한 골목길에 점심시간만이라도 밥을 먹으러 오는 사람들로 자리가 만원이 되는 걸 보면, 나의 용심은 한낱 부질없는 헛발질에 불과했다.

이 식당이 조리해서 파는 음식이라고는 보리밥과 따라오는 몇 가지 반찬이 고작이다. 다른 메뉴가 있는 것도 아니고 보리밥 외에 달리 선택의 여지가 없다. 따라서 주인아주머니는 오는 손님에게 "무얼 드시겠습니까?" 하고 물어볼 이유도 없다. 사람 숫자만 헤아려 보리밥 상만 차려다 놓으면 그만이다.

이 식당의 가장 남다른 특징은 2인분 이상 주문 원칙이다. 아무리 좌석이 남아돌고 식당 안에 개미 한 마리 없어도 절대로 1인분 주문은 받지 않는다. 처음에 나는 혼자 식당에 갔다가 주인아주머니에게 무참하게 무안을 당하고 쫓겨났다. 그 알량한 보리밥집에서 밥을 못 먹고 문밖으로 축출당하는 신세가 어이없기도 하고 한편 창피하기도 하여 한동안 아내와 의논하여 발걸음을 끊기도 했다. 어찌 보면 몇천 원 되는 밥값으로 홀과 주방으로 들락거리는 주인장의 노고를 생각하면 한 그릇 밥값으로 그 노고를 상쇄하기로는 주인 입장에서는 심히 억울하리라.

나는 여태 주인아주머니에게서 단 한 번도 인사를 받은 적이 없다. 그에게 "어서 오십시오." "안녕히 가십시오." 하며 인사받기를 기대하는 건 어림없는 희망이다. 이 식당의 유일한 주인은 종업원이면서 주방장이고, 사장이다 보니, 차라리 손님이 밥을 다 먹고 나오면서 "잘 먹었습니다." 사례하고 나오는 것이 속이 훨씬 편할지 모른다.

그녀의 투박하고 부사리 같은 말씨는 살피듬이 좋은 몸체와 더불어 손님이 왕이라는 말이 무색한데, 이러한 지청구를 하면서 좌석을 빼곡히 메우는 힘은 대체 어디서 오는 것일까. 그리고 보리밥 한 그릇을 먹을 요량으로 예약까지 해야 하는 것을 보면, 주인아주머니에게는 범상한 재주가 있음이 틀림없다. 확언컨대 그 재주는 어두운 식당 구석구석을 더욱 빛나게 하는 오직 하나, 음식 맛이라 생각된다. 밥물이 뽀얀 숭늉, 접시에 담긴 풋고추는 한 사람에 한 개씩, 콩나물을 비롯한 나물이 세 가지, 열무 물김치, 된장찌개, 양푼에 퍼주는 보리밥, 그리고 들깨를 갈아 걸쭉하게 끓인 국에다 우리 부부가 언제나 반찬 중 백미라고 손꼽는 생선구이

한 접시가 전부다. 보리밥집 반찬이 이 정도면 족하지 그 이상이면 과욕이다.

아내는 이 집에 올 때마다 생선구이에 주목한다. 갈치나 조기 같은 흔한 생선이지만 언제나 노릇하고 바싹하게 구워낸다. 사시사철 따뜻한 온기를 그대로 지닌 생선은 맨 마지막에 밥상에 올려지면서 우리 부부의 미각을 감탄시킨다. 음식 솜씨가 제법이라는 아내마저, 차려진 음식마다 조금씩 맛을 보면서 '어떻게 만들었을까?' 하고 한참 고개를 갸우뚱거리며 감탄을 거듭한다. 음식 하나하나의 맛이 더 보탤 수도 없고, 더 뺄 수도 없는 가장 적절한 맛. 잡동사니 양념으로 덧칠하지 않은, 이 집만의 음식 맛을 평가하면서 행여 주인아주머니가 들을세라 목소리를 죽여 속닥거린다. 이 집의 보리밥을 먹고 보면, 내가 마음속으로나마 작정한 오만 가지 험담이 고개를 채 들기 전에 꼬리를 내린다.

곳곳의 내로라하는 식당에서 한 사람 밥값이면, 이 집에서는 우리 부부가 양껏 먹을 수 있는 밥상이 아닌가. 하잘것없는 보리밥에 달걀프라이, 김 가루, 수많은 반찬은 양복 입고 짚신 신은 격이다. 그런 집이 방방곡곡에 지천으로 널려 있다. 옛날 소박한 시골 밥상, 외숙모가 해 주시던, 소쿠리에 담긴 그 꽁보리밥에 열무김치 한 보시기가 그리울 뿐이다.

내 벗이 누구인가

어쩌자고 잠자는 듯 꺼져 있는 욕망의 불쏘시개에 불을 지폈을까. 그동안 어정버정 세월을 보내다가 어느 날 가슴 속의 꺼져가는 불씨를 살려 불을 지폈다.

사람의 목숨이란 서쪽 하늘의 노을처럼 타는 듯 붉은빛을 발하다가, 때가 되면 순식간에 밤의 암흑으로 변하듯 허무한 것이 아닌가. 나는 먼지가 켜켜이 쌓였던 세상살이 한 귀퉁이를 헤집고 나오니 비로소 푸른 하늘이 보였다. 비록 늦기는 했지만, 늦은 오후의 긴 그림자가 어둠에 묻히기 전에, 그나마 알게 된 것만으로도 다행스러운 일이었다. 이제는 지친 몸과 마음을 풀어놓고 살아야겠다는 생각이 물안개처럼 스멀스멀 스며들기 시작하면서 반세기 동안의 생활의 올가미를 미련 없이 풀어 던졌다.

귀향하여 지친 죽지를 내리니, 마음은 휑뎅그렁하기 짝이 없어 몸은 풀어져 소금물에 절여 놓은 배추 같았다. 다행히 누군가가 '당신은 이제 쉴 권리가 있다. 맘껏 놀고 쉬어라.'고 용기를 부추기는 말에, 그나마 생기를 찾을 수 있었다. 그러고는 고작 하는 일이, 아침에는 해가 중천에 떠올라야 잠자리에서 일어나고, 아침밥인지 점심밥인지 때맞춰 먹는 것조차 분간이 없었다. 저녁에는 친구들과 조곤거리며 어울려 놀았고, 그냥저냥 흐르는 세월 속에 몸을 맡겼다.

그러나 깔린 멍석 위에서의 굿판도 오래되면 시들해지는 법, 쉬는 것조차 점점 지치기 시작했다. 하릴없이 거리를 방황하다가 한참 만에 머리에 떠오르는 생각이 있었다. '옳거니' 하고 서예를 배우자고 마음먹은 것이 이때부터였다. 이 각다분한 세상에 웬 뚱딴지같은 붓글씨냐 하고 지청구를 듣기는 불을 보듯 뻔하다. 그러나 천학인데다 과문하기는 하나, 뭉근한 묵향에 마음이 끌리기도 하고, 언감생심 내로라하는 문필가는 못되더라도 나를 아는 사람들이 머리를 주억거릴만한 글씨를 쓸 수만 있다면, 그래도 내 딴에는 제법 성공한 장사가 아니겠는가, 하고 생각이 드는 것이다.

더구나 초등학교를 들기 전에 아버지 앞에 무릎을 꿇고, 신문지의 단에 맞춰 붓글씨를 배우던 솜씨가 아직까지 내 성정의 어딘가에 숨어 있을지도 모른다고 자위했다. 그러나 누가 뭐래도 이 만용을 부추긴 것은, 옛날 제법 부하 직원들을 거느리고 어깨에 힘깨나 넣고 다닌 시절에 사람들이 내가 종이에 휘적휘적 갈겨 쓴 글씨를 보고는 명필이라며 추켜세우는 그때의 망상이 새삼스럽게 고개를 드는 것이다. 참으로 경망스럽게, 마치 내가 서예 대가의 기질을 타고난 듯 착각에 빠져서 분별없이 설쳐댄 것이 지금까지 민망하고 부끄럽기 짝이 없다.

요즘 사람들은 육필肉筆을 마다하고 자판의 기능에 매달린다.

내가 독수리가 먹이 쪼아 먹듯 하는 알량한 자판 솜씨로 좌충우돌하는 우매함이 먹물을 가까이하도록 부추기는 벗바리가 되었을지도 모른다. 이미 그릇의 물은 엎질러졌다. 바닥에 질펀한 물을 주워 담을 수는 없다. 다시 옛날의 만용을 부릴 수밖에 없지 않은가.

붓글씨는 쓰는 기능도 중요하지만, 몸과 마음을 닦는 구실로도 제격인가 싶다. 순간적으로 한 획을 그어도 붓끝에 주는 힘, 세우는 각도, 흐름의 빠르고 느림과, 획 사이의 공간에 따라 바늘구멍에 실을 꿰는 것처럼 정신집중과 몰입이 핵심이다. 그것으로 휘영한 마음을 조이고, 무연한 시간들을 다잡아 보는 계기가 되었으면 하는 기대는 결코 적지 않을 터. 옛말에 '가로획 하나 긋는 데도 마치 기러기가 모래 위를 내려앉듯, 온 정성을 다하라.' 이른다. 글쓰기에 앞서 벼루에 먹을 갈아도 시간의 흐름은 까맣게 잊고 삼매경에 빠져든다. 그래서 서예는 '그 사람의 모든 것'이라 하지 않는가.

종이와 붓, 먹과 벼루는 서로가 떼려야 뗄 수 없는 사이로, 물과 합치면 뼈와 근육, 피와 살이 되어 새로운 생명을 탄생시킨다. 벼루 위에서 먹물이 갈리는 소리를 들어 보았는가. 사각사각 먹 갈리는 소리는 사람이 만든 소리가 아니다. 깊은 심연에서 스며들며 나오는 신의 소리 같다. 무겁게 눌러서 가볍게 돌린다. 제 살을 갉아먹고 검은 물을 토해내는 그 진중한 시간은 글쓰기 전의 가장 엄숙한 순간이라 한다. 시인이면 시상을 떠올리고, 작가라면 글감을 가다듬는 시간이다. 옛날 중국의 소동파는 '먹은 어린애 눈 동자의 빛이 나도록 갈아야 한다.'고 했다. "보름달이 비친 물을 받아 오거라." 이 말은 스승이 제자에게 먹물을 받아 오라고 심부 름을 시키며 한 말이다. 연지에 달이 뜬 먹물은 붓끝에서 선화지 에 창윤한 묵색으로 살아 움직인다.

먹을 농토를 일구는 농부라 이르면, 벼루는 곡식이 뿌리를 내리 는 땅이라 한다. 벼루는 먹에게 어미처럼 넓은 등짝을 아낌없이 내어준다. 벼루의 연못에 달이 둥실 뜨면 붓끝에서 눈 속의 매향, 가을 하늘에는 국향이 은은하고, 난초의 초록 잎은 날을 세우며 꽃대에서 방안 가득 난향을 뿜어낸다.

어떤 신문에선가 재미있게 읽은 글 한 조각 기억이 있다. 태조 이성계가 왕자의 난을 일으켜 형제들을 죽인 이방원에게 화를 이 기지 못하여 벼루를 던져 이마에 피를 흘리게 했다. 이때 이방원 역에는 배우 유동근이 맡았다. 그 후, 같은 방송국의 사극 〈정도 전〉에서 비슷하게 오마주했다. 〈용의 눈물〉에서 아버지의 벼루에 맞은 유동근은 〈정도전〉에서 이성계 역을 맡아 이전과는 반대로 벼루를 던지는 역할을 연기했다. 벼루를 오브제로 한 배우의 연기 로 인간사 새옹지마가 재현됐다고 하겠다.

나는 어느덧 지紙, 필筆, 묵墨, 연硯의 넷 친구를 둔 지 벌써 다섯 해가 되어간다. 내가 요행이 이 친구들과 지란지교를 맺어 요즘처 럼 허허로운 시간들을 빠듯하게 메워가고, 그 덕분에 흐르는 시간 들이 무료하지 않아 다행스럽기 한량없다. 또 다른 시간에는, 자기의 삶을 온전히 구슬 같은 글들로 엮어 와서 눈과 귀를 즐겁게 해주는 문우들은 먹물 친구들만큼이나 귀하고 소중하다. 그들과 더불어 금쪽같은 시간에 묵우들은 빈대떡 한 접시에 막걸리 한 사발이 즐겁고, 문우들과는 돼지국밥 한 그릇에도 배가 부르고 행복하다.

영국 신사

유리창을 두드리는 빗소리에 잠을 깼다. 오랫동안 가뭄이 기승을 부리더니 밤새 단비가 쉼 없이 내려 온 천지가 청량하기 이를 데 없다. 가만히 누워 모처럼 내리는 빗소리를 듣는다. 떨어지는 빗소리가 오선지에서 춤을 추듯 소리는 소리로 이어지며 밭이랑을 적시는 빗물처럼 가슴으로 스며든다. 창밖의 하늘에는 물기가 흠뻑 묻은 구름이 낮게 깔리고, 비는 반가운 손님을 맞듯 온 세상을 촉촉이 적셔 놓는다.

"그래, 이쯤서 일어나 공원에 가자."

이른 아침, 비 내리는 공원은 하나같이 깔끔하게 정돈되었다. 정성 들여 심어진 나무나 잔디밭의 풀잎은 물론이고 사람들이 내딛는 걸음조차 한결 정갈하다. 그래서인지 어둠에서 깨어날 듯 깨어나지 않는 새벽의 공원은 그윽하기가 이를 데 없다. 비록 '헨리 데이비드 소로'의 《월든》은 아닐지라도 도심 한복판에 그나마 허파처럼 숨을 쉬어 가는 공간이 이렇게나마 사라지지 않고 남아 있는 것이 얼마나 다행스럽고 축복받을 일인가.

공원에는 사람만이 아니더라도 주인과 손님이 번갈아 찾아드다. 나무와 꽃들은 어차피 그곳에 뿌리를 내리고 있으니 주인일 수밖에 없고, 새들은 나무 위에 내 집이라 둥지를 틀고 쉼 없이 들락거리니 제가 주인이라 우기면 그럴 수밖에 달리 어찌하겠는가. 연못에 터를 잡은 비단잉어나 올망졸망 새끼를 꼬리에 달고 다니는 물오리조차 이들과 별반 다르지 않을 터. 그러나 숱한 무리에서 어엿한 주인의 면모를 갖추고도 주인 행세를 하지 않는 진객이 있다. 그의 이름을 으악새라면 몰라도 왜가리라면 아는 사람은 다 안다. 물론 사전에는 으악새가 억새풀이라고 나와 있지만, 많은 사람은 왜가리와 으악새 둘을 이명동인異名同人으로 여긴다. 한때 유명한 작곡가와 가수가 만나 한 시대를 풍미하는 인기를 누렸던 노래가사의 첫 구절이 '아, 으악새 슬피 우는 가을인가요'로부터 시작하는 노래에 등장하는 새가 왜가리라면 어찌 선뜻 알겠는가. 항간에는 왜가리의 울음소리가 '으악으악' 하여 으악새라 불렀다지만 아무래도 으악새나 왜가리라는 이름씨가 왈가닥 패거리의 대명사 같아서 노래 가사처럼 슬프거나 애절한 연애 타령과는 거리가 한참이나 멀어 보인다.

왜가리는 이 공원에 한 마리밖에 없는 귀한 손님이다. 동이 트기만 하면 어디에선가 바람을 가르고 날라 와서 물가에 앉는다. 그의 한 발자국 한 발자국 딛기가 천금 같아서 여름 긴 하루를 종일 기다려도 발걸음 띠는 걸 보기에는 목이 빠진다. 마치 은둔의 수도승 같다. 굽은 어깨에서 고독의 냄새가 풀풀 풍긴다. 이따금 외로움을 떨치듯 하늘 한 번 쳐다보고 물에 비친 구름 한 점 쪼아 보고, 침묵이 벗인 양 묵묵히 하루를 보낸다.

눈에서부터 뒷머리까지 검은 댕기를 늘어뜨린 댕기 깃과 더불어 회색빛 깃털을 슈트처럼 걸친 그를 영국 신사라 부르면 영 틀린 말은 아니다. 최고급의 양복을 세빌 로우Savile Row에서 맞춰 입고, 금빛으로 번쩍이는 회중시계의 줄이 보기 좋게 늘어뜨린 가슴, 잘 다듬어진 콧수염 아래 부드럽게 물린 파이프, 머리 위에 반듯하게 씌워진 중절모, 형광처럼 빛나는 지성의 눈빛, 손잡이가 구부러진 지팡이를 휘휘 저으며 안개 자욱한 영국 런던 다우닝가의 거리를 누비는 귀족 혈통은 한때 신사gentleman라는 이름으로 대영제국의 상징이었다. 한갓 미물에게 영국 신사라는 이름을 붙여준 것이 과분할지는 몰라도 그가 많은 사람에게 두루 사랑과 총애를 받는다면 작위 하나쯤 주는 게 무슨 대수랴.

이미 오랫동안 자연에 순치되어 이 땅의 텃새가 되어버린 오렌지색 그의 강골한 부리는 물고기, 들쥐, 개구리는 물론이고 뱀 등을 눈 깜짝할 사이에 쪼아 삼킨다. 먹이가 순식간에 통째로 목구멍으로 넘어가는 그의 날렵한 사냥 기술은 날카로운 눈매만큼 예사롭지 않다. 더군다나 등을 덮은 회색빛 깃털마저 바람에 곤두서면 이 점잖은 영국 신사는 한순간에 쥬라기공원의 익룡처럼 야생의 포식자로 둔갑한다. 그의 완력이 한 마리의 고양이나 수달에 견줄만하다 하니 미끈한 외양만 보고 어찌 그 속을 짐작이나 하겠는가.

공원에도 황혼이 서서히 물들 무렵, 영국 신사는 여느 날처럼 보금자리로 떠날 채비를 한다. 오늘도 손님처럼 와서 주인으로 머물다가 다시 손님으로 떠난다. 아무도 그의 갈 곳을 모르지만 그만은 의당 갈 곳이 거기임을 알고 있을 것이다.

4부

멀미

속이 비릿해 온다. 차창 밖으로 얼핏 스쳐 간 가로수가 바람에 흔들리듯 머릿속이 흔들거린다. 아스팔트 포장도로의 바닥을 구르는 자동차 타이어의 크고 작은 미세한 감각이 온몸으로 전해온다. 앞자리 의자 등받이를 잡은 채 고개를 숙이고 눈을 감는다. 행여 창밖의 풍경이 눈을 스쳐 지나면서 현기증이 심해질까 덜컥 겁이 난다.

어깨부터 몸 아래로 내려가면서 기운이 쭈욱 빠진다. 목덜미에서 식은땀이 끈적하게 배인다. 느닷없이 하품이 거푸 쏟아진다. 연달아 속이 뭉클해 오면서 입 속에 침이 그득 고인다. 얼굴을 양쪽 무릎까지 푹 숙인 입에서 희멀건 타액이 흘러내린다. 얼른 손수건을 꺼내 입을 닦았지만 계속 침이 흥건하게 고이면서 '우욱'하고 목구멍으로 속이 치받는다. 입안에 침과 함께 쓰디쓴 위액이 입 밖으로 뿜어 나올 것 같지만 손수건으로 입을 틀어막고 이를 악물고 되삼킨다. 당장 차에서 튕겨져 나와 그대로 몸속에 갇혔던 모든 것을 쏟아내고 싶다. 파김치가 되어 집으로 돌아온 몸은 방바닥에 쓰러지자마자 깊은 잠에 빠져든다.

사내는 기억한다. 아득한 옛날 어린 시절을. 열 살쯤부터 차멀미 때문에 유별난 아이가 되었다. 시골 친척 집에 갔다가 어쩌다 요행히 타보는 소달구지는 물론이고 택시나 버스는 말할 것도 없다. 전차를 타도 멀미를 했다. 또래가 차를 타고 다니던 제법 먼 거리를 아이는 죽으라고 걸어야 했다. 걷다가 놓칠 시간이면 뛰어서라도 갔으면 갔지 여간해서 차는 타지 않았다. 멀미로 모진 고생을 겪으면서도 왜 자기만 그 고통을 겪어야 하는지 단 한 번도 생각해 본 적조차 없었다. 그러다 고등학교 다닐쯤 어느 날부터 자신도 모르게 멀미 증상이 귀신같이 사라졌다.

몸을 움직이거나 차를 타고 이동할 때 신체의 평형기관을 통하여 들어오는 여러 감각이 과거 경험에서 예상되는 것과 다르면 몸의 감각들이 서로 충돌하면서 멀미가 생긴다는 의학적 근거를 어찌 알겠는가. 무슨 이유로 멀미가 생겨나고, 어느 날 홀연히 사라진 것은 세상을 태어날 때부터 의당 운명적으로 그러려니 생각했을 뿐이었다. 자신의 어린 시절 한 부분에 던져진 필연처럼 말이다.

시월도 다 가는 어느 날, 핼러윈 축제를 즐기던 꽃다운 젊은이들을 하늘나라로 보낸 가을은 시리도록 비정했다. 비록 대명천지는 아니더라도 서울 한복판에서 벌어진 믿지 못할 사태에 세상은 온통 수렁에 빠져들었다. 아무것도 구분 없는 어둡고 텅 빈 공간은 끝도 없는 벼랑이었다. '땅이 혼돈하고 공허하며 어둠이 깊음 위에 있었다.'고 한 성서가 알려주는 태초의 모습 그대로였다. 신뢰가 바탕이 되는 문명과, 양심과 수치를 모르는 야만과의 대충돌이었다. 정치와 사회가 각각 둘로 쪼개져 버둥댔고, 그 틈에 카오스가 인간의 삶을 지배하고 있었다. 고장 난 나침반처럼 흔들린 사람들의 전정감각기관은 스스로 움직이고 있는지, 멈추고 있는지, 제대로 된 방향으로 가고 있는지, 그들과 함께 살아가는 세상은 제대로 균형을 갖고 있는지 머릿속은 온통 혼란이 해일처럼 넘쳐나서 어지럽기만 했다. 생때같은 젊은이들의 영전에 흰 국화꽃을 바치면서 사람들은 지독한 멀미에 시달리고 있었다.

사내는 참으로 오랜만에 그동안 아득하게 잊었던 멀미가 그의 몸을 일시에 파죽음으로 몰고 갔다. 시골집의 소달구지나 택시 버스 전차를 타지 않았는데도 몇십 년 만에 속살을 드러낸 멀미는 여태 한 번도 경험하지 못한 새로운 증상이었다.

그는 은행나무 가로수를 부여잡고 맥없이 쓰러졌다. 이미 변별력을 놓친 머릿속은 롤러코스터 VR을 처음 경험한 사람처럼 그의 의식을 사정없이 흔들었다. 아침부터 먹었던 음식물을 노랗게 물든 낙엽 위에 왝왝거리며 토해냈다. 용수철처럼 치솟는 욕지기는 목줄기를 타고 솟아올라 똥물까지 그대로 게워냈다. 눈물과 콧물이 범벅이 되어 뺨을 타고 흘러내리고 입으로는 짐승 같은 오열이 북받쳐 올랐다. 마음을 추스르고 올려다본 밤하늘에는 별들이 반짝였다. 하늘나라로 간 젊은 목숨들도 이름 모를 별이 되어 우주의 한 모퉁이에서 살아갈지 모른다.

발걸음을 내딛는 사내가 다시 땅 멀미를 한다. 꿈속에서도 속이 비릿해 온다. 지친 사내는 가까스로 길가의 계단에 주저앉았다. 식은땀에 젖은 몸뚱이는 가을바람에 <u>으스스</u> 추워 왔다. 둥근달이 얼굴을 내민 밤하늘은 밝았다. 비록 눈에 보이지는 않지만 어쩌면 달 주위의 수많은 소행성이 서로 충돌하고 멀미하며 유성이 되어 우주의 한 모퉁이로 사라질지 모른다.

횡단보도를 걷다

가을비는 계절답지 않게 지짐대며 내린다. 비에 젖은 낙엽은 회색빛 보도 위에 납작 엎드리다가 사람들의 발길에 주저 없이 눕는다. 비 오는 가을은 이렇게도 슬픈가. 땅에 뿌리를 박은 생명들이 겨울을 앞에 두고 모든 것을 내려놓았기 때문일까. 짙은 상념이 밀물처럼 다가온다.

길을 나온 사람들은 횡단보도 앞에 서서 깊은 침묵을 끌어안고 앞만 쳐다본다. 신호등에 비친 빨간 불은 멈추라는 의미이다. 사람 걷는 모양이 파란 불로 반짝이면 이젠 건너도 된다는 뜻이다. 다시 그 모양이 사라지면 빨간 불이 반짝인다. 횡단보도의 신호등은 파란색은 짧고 빨간색은 길다. 세상살이 같다.

서로가 다른 목적을 갖고 길을 건너는 사람들은 이 길 위에서 교차한다. 검은 아스팔트 위에 하얗게 평행선으로 그어진 횡단보도는 서로 다른 풍경을 지닌 사람들이 스쳐 가는 그림판 같다. 울긋불긋 다채로운 색깔의 우산을 쓰고, 책가방을 멘 아이는 손을 흔들고, 배낭을 메고, 강아지를 끌고, 폐지가 실린 리어커를 밀고, 자전거를 타고, 운동복을 입고, 어린아이를 안고, 각자 자기만의 생각과 모습을 한 각양각색을 한 사람들이 마치 이제 막 출발선을 떠나는 마라톤 선수처럼 긴장한 모습이다.

집을 나서면 그만그만한 동네 안에서만, 크게는 왕복 8차선에서부터 6차선, 4차선까지 가는 길마다 횡단보도를 만난다. 목적지에 따라 한 개도 만나고, 두 개도 만난다. 세 개를 만날 때도 자주 있다. 일 년에 두어 번쯤 가는 치과나 약국, 사흘이 멀다 하고 발길이 잦은 마트는 한 번만 건너도 되고, 가끔 예방주사를 맞으러 가는 단골 병원이나, 산책 다니는 공원에 가려면 두 번을 건넌다. 세 번을 건널 때는 우체국을 지나서 목욕탕에 가거나, 아내의 심부름으로 골목시장을 가기도 하고, 추어탕 집에서 추어탕 만 원어치를 검은 비닐봉지에 포장해서 사 들고 오기도 한다. 그 식당은 멀기도 하지만 주인이 퉁명스러워 싫다. 그렇지만 맛이 좋고, 한 봉지를 사면 두 식구가 두 번쯤 먹고도 남아서 그 오롯한 재미로 간다. 횡단보도는 오랜 세월을 하루도 빠지지 않고 삶의 끄나풀처럼 따라와 나의 주위에 머물고 있다.

횡단보도는 사람들의 삶과 시간과의 통로이다. 견고히 보행자를 지키는 영역이기도 하고, 울타리이기도 하다. 사람들은 질주하는 자동차의 엔진을 멈추고 그 길을 건너며 살아왔고, 앞으로도 죽을 때까지 건너야 할, 강처럼 남아 있다. 필연적으로 이 길은 안도의 땅이기도 하지만 때로는 불안과 초조가 곁들여진 공포가 공존하는 공간이기도 하다. 이 속에 존재하는 삶의 문제는 항상 우리 곁에서 서로의 다양한 견해와 입장의 상충으로 갈등하고 괴로워한다. 사람들은 파란 신호등에 환호하고 빨간 신호등에 절망한다. 횡단보도처럼 차단된 공간에서 서로를 교통하여 차이를 좁히고 이해를 횡단하는 지혜는 없을까. 동토의 땅에서 출발하여 몽골을 거쳐 장장한 서방을 연결하는 시베리아 횡단 열차처럼, 망망대해를 횡단하여 대륙을 잇는 화물선처럼.

이 길을 건너면서 우리는 가끔 누군가 그리운 사람을 만날 것 같은 착각에 빠지기도 한다. 햇빛을 가리고 마주 바라보는 얼굴은 행여 내가 그토록 그리워하던 그대가 아닐까. 수많은 차들이 씽씽 달리는 도로 위에서 오래전에 헤어진 연인이 길 가운데서 극적으로 만나는 순간을 상상해 본다. 횡단보도가 짜놓은 검은 색 바탕에 흰색이 줄 쳐진 카펫 위에서 뜨거운 입맞춤을 나누는 장면에 지나가던 차들이 빵빵 경적을 울리며 축하를 보내는, 영화 같은 장면을 마음속에 담는다. 비가 내려 우울한 이 가을에 얼마나 신나고 기분 좋은 일일까.

신호등에서 반짝이는 파란색 숫자를 세며 횡단보도를 건넌다. 오늘도 이 길을 건너지만 이제 나 자신의 힘을 기준으로 건너기는 불가능하다. 며칠 전만 하더라도 파란 숫자를 절반이나 남겨놓고 길을 건넜다. 나이를 먹을수록 남은 숫자는 가파르게 줄어들고, 용을 쓸수록 마음만 바쁘다. 아직까지 갈 길은 반쯤도 안 왔는데, 신호등이 바쁘게 반짝이면 또다시 걸음은 어정쩡, 숨은 가빠도 죽어라 하고 뛰어야 한다.

나의 문학 입문기

몇 년 사이에 전에는 생각도 못 한 길을 걸어왔다. 이미 머릿속에는 티끌만큼도 없는 문학 공부를 하리라고는 언감생심 엄두에나 두었을까. 삶의 끝자락이 바로 눈앞인데 대체 무슨 만용으로 그 높은 담장을 기웃거리다니. 가만히 생각해 보면 무모하나마 용케 이만한 용기라도 갖게 해 준 자신이 고맙고 대견스럽다.

누더기처럼 누덕누덕 기워진 세상과 적당히 타협하면서, 때로는 칼날처럼 꼿꼿하게 각을 세우던 성정도 얼마만큼은 무디게 갈려졌었다. 이미 나이로 먹은 햇수가 종심을 훌쩍 넘어섰을 때였다. 길지 않은 날들을 내 딴엔 쉬지 않고 줄기차게 살아왔지만 그 끝은 허망했다. 팽팽하게 당겼던 줄을 놓친 듯, 한편 당황스럽고 가슴 한구석이 '뻥' 뚫린 듯 허전한 마음이 틈새를 비집고 나왔다. 그래도 "그동안 수고하셨습니다. 이제 그대는 쉴 자격이 충분합니다."라고 말해 주는 사람이 있어 그나마 큰 위안이 되었다.

하지만 우둔한 사람은 달콤한 한 마디를 핑계 삼아 산천을 헤매고 다니며 노닐었다. 골프를 치고, 해외여행도 신나게 다녔다. 거나하게 술판도 차렸다. 그러나 아내가 하는 위로의 말도 하루 이틀이지 날이 갈수록 심상치 않은 눈치가 보이기 시작했다. 조신하지 못한 사후 처리에 서서히 제동이 걸린 것이다. 이쯤 되면 어쩔 수 없이 나름의 자구책으로 뾰쪽한 한 수를 찾아야 하지 않겠는가.

세상살이는 급할수록 둘러 가는 법, 생사를 다투는 바둑판에 하루의 세 끼를 집에서 해결하는 최악수를 둘 수는 없다. 책상에서 머리를 싸매는 심사숙고 끝에 찾아낸 결론이었다. 낮에는 서예학원에서, 저녁에는 친구들 사랑방에 이리저리 기웃거리다가 어느 문학 모임에 발을 들여놓았다. 애초에는 문학 공부를 하겠다는 생각은 손톱만큼도 없었으나 '친구 따라 강남 간다.'는 옛말대로 나는 그들 속의 한 사람이 되었다. 월례회에서 시를 낭송하는 프로그램이 다가와 차례가 되면 자작시가 없는 나는 이름난 시인의 시 가운데 한 구절이라도 낭송할 수밖에 없었다. 처음 몇 번은 심심풀이 땅콩이다 싶었는데 그것도 한두 번이지 횟수를 거듭할수록 외톨이가 되었다.

서예를 하면 먹물을 묻혀야 하고, 글 판에 가면 글을 지어야 되는 건 지극히 당연한 일. 글을 잘 짓지 못하면 언변이나 좋던가. 모두가 하나같이 모자랄 바에야 아예 처음부터 초등학생이 되자. 그래서 시인이 되자. 마음을 바꿔 먹은 나는 꼬박 일 년을 넘겨서야 가까스로 어설프나마 스스로 지은 시로 낭송을 할 수 있었다. 그러나 시를 이해하는 것만으로도 한참이나 힘에 부쳐 허우적거리는데, 탐욕스럽게도 이번에는 수필 공부에 정신줄을 놓았다.

나의 유전적 특성이 돌연변이처럼 작용하여, 나도 모르는 사이에 또 다른 샛길을 가고 있었다. 결국 나는 바람난 묵객에서 어설픈 시인을 거쳐 돌팔이 수필가가 된 셈이다.

글을 짓기로는 초등학교 때 문예반에서 학급신문을 만들어 본 게 고작이다. 나이 들면서 한때 신문기자가 되겠다는 꿈을 가진 적이 있었다. 무슨 연유로 그런 생뚱맞은 꿈을 갖게 됐는지 지금 생각해도 안개 속처럼 모호하다. 고등학교를 졸업한 나는 기자가 되겠다는 청운의 꿈을 안고 서울로 갔다. 얼마간 을지로에 사는 고모 댁에서 먹고 잤다. 고모의 주선으로 신문사에 다닌다는 사람을 소개받았다. 그에게서 연락오기를 기다리는 참이었다.

그해 사월의 햇살은 유난히 맑고 따사로웠으나 세상은 어둡고 차가웠다. 눈에 보이는 것들이 온통 암울하기만 했다. 3 · 15부정선거가 도화선이 되어 불의에 항거한 온 나라의 학생들과 시민들이 길거리로 밀물처럼 쏟아져 나왔다. 을지로 대로변 극장 앞에서는 스크럼을 짠 학생들과 쇠줄을 휘두르며 데모를 막는 폭력배들이 충돌하여 서로가 생사를 갈랐다. 여기저기서 총성이 울리고 최루탄이 터질 때마다 군중들은 이리 밀리고, 저리로 쫓겨 다녔다. 마침 나도 그들 속에 섞여 있다가 공포로 얼굴이 새파랗게 질린 고모에게 붙들려 집으로 돌아왔다. 고모는 울면서 '난리가 나겠다. 빨리 부산으로 내려가라.'고 다그쳤다. 고모가 걱정한 것은 국내의 혼란한 정세보다 기회를 틈탄 북한의 공산당이 다시 남침할 것이라는 굳은 믿음 때문이었다. 6 · 25전쟁에서 생사의 갈림길을 직접 체험한 고모 나름의 판단은 확고했다. 다음날, 기자되기는 고사하고 생명까지 위태할 것이라고 눈물을 흘리며 다그치는 고모의 성화에 쫓겨 부산행 기차를 탔다.

글을 짓는다는 것은 얼마나 보람된 작업인가. 집을 지을 터를 고르고, 기초를 다지며, 기둥을 세워서, 그 위에 대들보를 얹고, 마지막으로 지붕을 덮는 일련의 과정들이 마치 한 구절의 글을 짓는 것과 같은 것, 누군가가 '잘 다듬은 글은 생각의 집을 빛나게 하는 창문과 같다.'고 하지 않던가.

내가 생각하는 모든 것들과 지나온 경험들을 펼쳐놓고 글을 통하여 다른 사람의 생각들과 나눠 갖는 것, 그 순간은 엄숙하기도 하려니와 마치 어깨에 무거운 짐을 진 듯 결코 가볍지 않은 일이다. 산고도 없이 어찌 왕자나 공주가 탄생할까. 밤새 머리를 싸매고 짜낸 문장들이 남에게 읽혀질 때도 행여나 하는 막연한 의구심은 두려움과 함께 항상 꼬리를 남긴 채 내 속에 남는다. 다행히 내 글들이 읽는 사람으로 하여금 머리를 주억거리게 할 수만 있다면 그것만으로도 얼마나 감사하고 행복한 일인가. 그것은 한여름 밤에 열어 놓은 창문으로 불어오는 갓 맑은 바람처럼 신선할 것이다.

아무래도 시인이나 수필가란 호칭은 그 무게가 너무 무거워서 아직도 나에겐 가당찮은 이름인 것 같다.

이름을 고쳐 주세요

나는 지금의 내 이름을 사랑한다. 그렇다고 그 옛날 소싯적부터 내 이름을 사랑한 것은 결코 아니다. 이유를 대자면, 이놈은 한낱 동물에 불과한데, 사람들로부터 가슴 오글거리는 이름과 사랑을 독차지하는 것이 조금은 심술이 나고 마땅찮다. 또한 만지면 물컹한 촉감이나, 사람만 보면 부비부비하다가도 갑자기 냉갈령이 되는, 그 앙큼한 심지는 나에게서 더욱 정나미를 떼어 놓는다. 가족들과 밥상에 둘러앉아 밥을 먹을 때, 그놈이 밥상 밑으로 기어들어 가면, 혹시나 내 무릎으로 기어 나올까 전전긍긍 불안하여 밥도 제대로 먹지 못한다. 겨우 쥐 한 마리 정도를 사냥하는 재주밖에 없는 데다가 종일 햇볕 잘 드는 곳을 찾아 낮잠만 즐기는 그놈에게 나는 항상 슬슬 눈치를 보거나 비실비실 피해 다닌다.

초등학교 다닐 때, 이름 때문에 많은 조롱을 받았다. 이름은 유별나게 뛰어난 학교 성적과 더불어 같은 반 아이들은 물론이고 상급반 아이들에게도 놀림 가마리가 되었다. 특히 상급반 여자들이 묘한 울음소리를 흉내 내며 놀릴 때는 창피하기도 했지만, 부아가

치밀어서 성깔을 마구 쏟아냈다. 그럴 때마다 이름을 지어준 아버지가 원망스럽기만 했다. 참다못한 나는 아버지께 담임선생님한테 이름을 바꿔 달라 이야기하라고 졸라댔다. 아버지는 나의 간청에 못 이기는 듯 어느 날 나와 함께 담임선생님을 만났다. 선생님은 웃으시면서 흔치 않은 좋은 이름이니 바꿀 필요가 없다고 하셔서 할 수 없이 그냥 돌아왔다.

이름 때문에 일어난 수난은 나에게만 그치지 않고 내 막내 여동생에게도 닥쳐왔다. 아버지는 처음에 여동생 이름을 '미자美子'라 지었다. 막내라서 예쁘게 자라라는 뜻일 게다. 그런데 문제는, 여동생이 초등학교를 입학할 때 일이 터졌다. 학교에 제출할 호적초본을 떼어보니 '미자'의 한자가 '아름다울 미美'가 아닌 '끝 말末' 자로 되어 있었다. 뜬금없이 '미자'가 웬 '말자'인지 알 수가 없었다. 짐작하건대, 그때 호적 업무를 보는 담당자가 한자를 병기하면서 '아름다울 美' 자를 쓸 생각을 못하고 '아닐 末' 자를 쓴다는 것이 첫 획을 긋고 아래 획을 첫 획 보다 짧게 긋는 통에 '말자末子'가 된 것이었다. 여동생은 '말자'라는 이름으로는 학교에 가지 않겠다고 울며불며 난리법석을 떨었고, 아버지는 이름을 고쳐 주겠다고 약속하고 가까스로 달래서 학교를 보냈다. 그 후에 호적 등초본을 떼어봤더니 '末' 자가 어느새 '未' 자로 둔갑이 되어 있었다. 호적부에 그어진 획의 모양이 기형인 것으로 미루어 보면, 호적계와 아버지 사이에 궁여지책의 절충안이 이뤄진 것 같았다. 아무튼 한자의 뜻은 차치하고라도 소리는 '미자'가 틀림없으니 여동생은 뭣도 모르고 그냥 넘어갔다.

이 어설픈 개명의 과정을 지켜보면서 나도 아찔한 순간이 있었을지도 모른다는 생각이 들었다. 만약 여동생 호적을 담당했던 그 뇌수 없는 공무원이 내 호적을 담당했더라면, 나의 한글 이름 끝 자에 'ㄹ' 받침을 까먹었거나, 한자의 한 '一' 자에 옷소매가 걸려 버벅거리다가 비뚤어진 줄 하나라도 더 그었더라면 어쩔 뻔했을까, 생각하면 모골이 송연해진다. 지금부터 60여 년 전에 펼쳐진 한 편의 기막힌 드라마는 결혼을 앞둔 여동생이 스스로 법원을 찾아다니며 손수 지은 이름으로 호적을 고쳐 놓고 나서야 막을 내렸다.

나의 이름에는 유별나게 항렬자行列字가 없다. 오래전에 세상을 떠난 형님처럼 끝 자에 항렬자를 두어, 생면부지의 족친끼리라도 세대의 분별을 하거나 같은 항렬을 알아보고 친목을 하였다. 그러나 언젠가 본 일이 있는 족보에는 내 이름이 항렬 칸에는 끼어 있어도 유독 나만 돌림자가 없어서 표박하는 이방인처럼 보였다. 아무튼 이름 석 자 중에서 성과 항렬자를 빼더라도 남은 한 자는 명실공히 오직 자신만을 상징하는 유일한 문자로 그 의미가 심장하다. 하물며 나처럼 성을 뺀 나머지 두 자가 모두 나만의 것이니 얼마나 뜻이 깊은 이름인가. 나는 그 이름을 깊이 사랑할 것이다.

나에게는 정식 이름이 아닌 또 하나의 이름이 있다. 부처님이 주신 이 이름은 그동안 별로 쓰이지 않았다. 그러다 서예를 시작하면서 묵우들끼리 이름 대신 모두 아호를 부르는 통에 할 수 없이 아호처럼 쓰기로 했다. 한정된 공간에서 불리어지는 아호는 정감 있고 품은 뜻이 깊어 거부감 없이 받아들여져서 가끔 낙관落款으로 찍혀 의미를 더하기도 한다.

사람의 이름이란 단순히 자기나 상대를 가리키는 수단이기도 하지만, 더욱 중요한 것은 존재의 가치를 뜻하기 때문에, 이름이 갖는 사회적 의미는 말할 수 없이 크다. 그래서인지, '이름은 함부로 바꿔서는 안 되는 것'이라는 전통적인 관습은 오랜 세월을 지나면서 많이 느슨해졌지만, 공공적 측면을 생각해서 아직도 인우보증을 서고 법원의 허가를 받아야 하는 등 까다로운 절차를 거쳐야 한다.

나의 두 아이 중 한 아이는 개명을 했다. 할아버지가 손자에게 물려준 이름이긴 하지만 후천적으로 지어주는 이름이 그 사람의 운세를 결정한다는 옛 말씀을 믿고 따름으로써 훗날 내 아이에게 억울한 원망을 듣고 싶지 않아서다. 그러면서 나도 이참에 어릴 때부터 염원이었던 이름을 바꿔볼까 생각했었다. 그러나 아버지가 유산처럼 남겨주신 이름 석 자가 비록 철부지 어린 시절에, 한때 원망의 대상이 되긴 했지만, 그 이름으로 하여 내가 여태 살아왔고 내 혈육들이 모두 무양한데, 이보다 더 큰 욕망은 분명 과욕이 아닌가 싶다. 또한 내가 죽은 후, 부고를 받은 많은 친지들은 나의 개명을 알지 못하고 생면부지의 사람이 부고를 보냈다고 생각한다면, 마지막 작별 인사도 없이 헤어질 것이 옹심처럼 마음에 걸리는 것이다.

그 여자의 눈물

내일은 토요일이다. 그녀는 내일 장사를 위하여 오늘 밤늦게라도 내일 팔 물건들을 준비해 놓아야 한다. 냉장고에 음료수를 빈틈없이 채워 넣고, 어묵은 미리 꼬챙이에 끼워 다른 냉장고에 준비해 두었다. 햄버거는 빵 사이에 속을 채워 넣고 깨끗한 종이로 싸서 라면 상자 속에 차곡차곡 쌓아두었다. 조금 부족할 듯하지만, 모자라면 남은 빵이 있으니 그때그때 대처하기로 마음을 정했다. 도토리묵과 음료수는 미리 전화를 해놓았으니 내일 아침에는 모자라는 물건들을 배달해 줄 것이다. 내일 장사를 도와줄 사람이 적어도 세 사람은 있어야 할 것 같다. 휴일이라 회사를 쉬는 남편은 제외하고 친정어머니와 이웃 아주머니 두 사람을 불러놓았다. 이제 내일은 물건을 파는 일만 남았다. 가게 문을 잠그고 집으로 가는 발길이 한결 가볍다. 아침부터 혼자 물건을 팔고 주말 장사 준비를 하느라 삭신이 노곤했지만 상자에 그득 담길 지폐를 생각하면 조금 피곤한 것쯤이 무슨 대수랴.

도심에 가까이 자리 잡은 공원이라 봄, 가을 주말에는 나들이객들로 사람들이 넘쳐난다. 공원 한쪽 외진 곳에 휴게실 점포를 언어 장사를 시작한 지 한 해가 조금 넘었다. 아래층이 식당이라 음식을 제외하고 사소한 군것질감밖에 팔 수 없는 제약 때문에 손님의 수는 식당에 비해 턱도 없이 적었다. 그러나 처음에는 어련히 그러려니 생각했으나 장사한 지 서너 달이 지나자 '이게 아닌데…' 하는 생각이 들기 시작했다. 평생 한 번도 이런 장사를 해본 일이 없으나, 평소 타고난 적응력과 그동안 직장생활에서 쌓아온 눈썰미가 잠자던 재능의 밑절미에 불씨를 지폈다. 그녀는 공원 관리사무소를 찾아가서 아래층 식당 마당에서 옥상 휴게실로 올라가는 계단을 넓혀 달라고 요구했다. 공원을 이용하는 사람들이 계단에 앉아 쉬기도 하고 휴게실 통로도 넓어져서 통행하기도 좋을 것이라고 제안했다. 다행히 그 제안이 받아들여졌다.

그녀가 예상한 대로 얼마 되지 않아 효과가 나타나기 시작했다. 좁고 가파른 계단이 원형무대처럼 넓어지니 사람들이 모이기 시작하고, 사람이 모이니 좁은 장소보다 넓은 옥상에 앉아 시간을 보내는 것이 인지상정이었다. 그 후부터 가게는 몰라보게 변해갔다. 공원 장사라 주말과 공휴일을 제외한 평일에도 심심치 않게 팔렸지만 봄이나 가을, 휴일만 되면 팔 물건이 모자라 해가 서산에 기울기도 전에 장사를 접을 때도 있었다. 받은 돈은 라면 상자 안에 그득했다. 장사를 마치고 고무줄로 백 장씩 돈다발을 묶는 재미도 쏠쏠했다. 장사한 지 이 년도 되지 않아 열 개쯤 되는 공원 가게에서 가장 장사가 잘되는 곳으로 소문이 났다. 가게의 장소도 장소지만 그녀의 명석한 판단력과 주위 환경에 대한 적응력이 무섭게 빛난 결과였다.

오월 어느 날, 일요일인가 싶다. 그날도 공원엔 어른, 아이 할 것 없이 사람들이 구름처럼 모여들었다. 여느 날처럼 가게의 팔 물건들은 반쯤이나 바닥이 나고 일하는 사람들도 엔간히 지쳐 있을 때였다. 갑자기 가게 안에서 그녀의 어머니가 그녀를 무섭게 꾸짖는 소리가 들렸다. '당장 장사를 그만두라.'고 다그치는 소리는 바깥에까지 들려 왔다. 딸을 도와주러 온 어머니는 언제나 딸과 자매처럼 살갑도록 다정했는데, 오늘따라 예상치도 못한 날벼락이 떨어지자 모두 깜짝 놀랐다. 생각지도 못한 꾸지람은 전에 없이 준엄하고 날카로웠다. 그녀는 어머니 앞에 머리를 푹 숙이고 한참을 꼼짝없이 앉아 있었다. 그녀의 손에는 햄버거용 빵이 들려져 있었다. 빵은 모서리가 조금씩 뜯겨지고, 뜯겨진 부스러기는 그녀 발밑에 흩어져 있었다. 고개를 푹 숙인 채 빵을 든 손등에 갑자기 눈물방울이 후두두 떨어졌다. 남편도 일찍이 그녀의 눈물을 본 적이 없었다. 그렇다고 무작정 두 모녀의 일에 끼어들 수도 없었다.

그녀는 꿈쩍 않고 웅크리고 앉아 있었다. 아침부터 팔던 햄버거가 바닥이 났다. 어제 팔다 남은 빵이 콩알만큼 난 곰팡이 때문에 한쪽에 밀쳐두었던 것을 슬그머니 가져왔다가 어머니에게 무서운 질타를 받은 것이다. 어머니는 딸의 손에서 빵을 빼앗아 쓰레기통에 쑤셔 넣었다. 갑자기 일어난 이 일이 장래 그녀에게 무슨 결심을 하게 했는지 그때는 상상할 수 없었다.

그 일이 있은 후 얼마 되지 않아 그녀는 가게를 팔았다. 마침 웃돈을 두둑하게 주겠다는 사람이 있어 미련 없이 장사를 집어치웠다. 그녀의 재능이 아까운 남편은 다른 장사라도 하면 어떻겠냐고 권하자, 그녀는 앞으로 장사는 절대 안 할 것이라고 단호하게 말했다. 그녀의 남편은 그때의 곰팡이 핀 빵 생각을 떠올리며 그 뒤로도 그녀에게 장사에 대한 이야기는 단 한 번도 꺼내지 않았다.

병상 이야기

나이가 들면 하루가 지날수록 몸이 고달프다. 여태 살아온 숱한 세월을 요행히 잘도 견뎌 왔지만 남은 시간이 짧아질수록 툭툭 불거지는 몸의 이상 신호가 점점 잦아드는 건 새삼스러운 일이 아니다. 워라밸이 사치스러운 한 시대를 보내면서 이미 몸과 마음의 균열은 감당하지 못할 지경에 허덕인다.

오늘도 접수창구에서 넘쳐나는 환자들 속에서 번호표를 뽑아 들고 차례를 기다린다. 창구마다 벨 소리에 맞춰 꼬리를 물고 이어지는 숫자는 로또처럼 행운의 당첨 번호가 아니다. 번호에 맞춰 생명을 가늠하며 진료실을 들고 나는 사람들은 하나같이 암울한 침묵 속에 잠겨 있다. 요즘에 와서 부쩍 번호표를 뽑아 들고 디지털의 숫자판을 바라보는 횟수가 많아졌다. 해를 걸러 매번 받는 국가건강검진은 제외하더라도 안과나 치과는 물론이고 혈액종양내과, 이비인후과, 비뇨기과, 심장내과 등 어지간한 종합병원에서 취급하는 진료 과목은 거의 빠짐없이 섭렵한 셈이다. 이제는 그쯤에서 병원 순례는 어림잡아 마무리가 된 거라고 마음을 놓고 지냈는데 결과는 '그게 아니올시다.'였다. 한 해가 바뀌면서 태어

나서부터 여태까지 문턱에도 가 본 적이 없는 정형외과 신세까지 지게 되었으니 호화로운 병력에 금상첨화가 되어 남 보기에도 민망스럽다.

어느 날 집안에서 불의의 일격을 당하여 정형외과적 처치를 받았다. 한 달이나 되는 생애 가장 긴 입원 생활을 겪게 되어 또 하나의 새로운 기록을 세웠다. 기록의 대가는 어쩌면 죽을 때까지 내 몸속에 지니고 갈지 모른다.

그날따라 늙은이에겐 어울리지 않는, 조금은 들뜬 기분으로 거실 마룻바닥에 실내용 슬리퍼를 신은 채 주저앉아 따스한 봄볕을 즐기는 호사를 누리고 있었다. 거실까지 찾아든 햇살은 고양이 털처럼 함함했다. 그러나 모처럼 행복한 시간도 한순간에 사라졌다. 무심결에 한 손으로 마룻바닥을 짚고 벌떡 일어나면서 나도 모르게 한쪽 발이 공교롭게도 다른 쪽 발의 슬리퍼를 밟았다. 밟힌 슬리퍼 때문에 몸무게의 중심이 한쪽으로 몰렸다. 얼핏 거실의 천장이 눈앞에서 스치듯 지나갔고, 일어나려던 몸뚱이가 허공에서 빙글 돌면서 마룻바닥에 부딪히며 둔탁한 소리를 냈다. 뒤따라 참을 수 없는 고통이 등과 허리를 휘감았다.

의사는 고관절 골절이 되지 않은 것이 그나마 다행이라 했다. 허리에 구멍을 뚫어 손상된 척추 부위를 치료받았다. 마취에서 깨어나자 통증은 상처 부위를 중심으로 비몽사몽의 지경으로 몰고 갔다. 진통제를 먹고도 통증은 끊임없이 기승을 부렸다. 흡사 중세 로마제국 병사의 갑옷 같은 보호대를 가슴팍과 등에 두르고,

매일 한 움큼이나 되는 알약을 입에 털어 넣었다.

환자식은 원래 맛없는 음식의 대명사인 것을 경험으로 알고 있다. 입맛이 까다로운 사람들은 그것들을 하루 세 끼 먹기는 고역일 수밖에 없다. 비록 영양사의 솜씨이긴 해도 모든 음식이 저염식으로 조리한 탓으로 식감은 오랫동안 입안에서 밍밍하게 남아 있다. 생선조림은 비릿하고, 무친 나물은 뻣뻣하게 살아남아 펄펄거리며 입안에서 맴돈다. 가끔씩 상위에 오르는 고깃국은 그나마 썰은 무 틈새로 고기 조각이 숨바꼭질하듯 돌았다 사라진다. 그러나 국물은 목구멍으로 꼴딱 넘어가지 않고 입속에서 맴도는 음식들을 모조리 뱃속으로 쓸어 담아 간다. 입맛 없는 환자는 무얼 먹어도 식욕이 있을 리 없다. 그래도 밥은 힘이 들더라도 뱃속으로 욱여넣어야 한다. 약을 먹는 때는 매일 식후 30분이다. 밥을 먹어야 약을 먹을 수 있다. 약을 먹어야 내가 살 수 있으니까.

퇴원해서 집으로 온 지 닷새가 됐다. 아내가 차리는 밥상은 언제나 깔밋하다. 들기름에 버무린 산나물, 미역국이나 시래기 된장국에 멸치볶음, 생선구이와 두부조림 등 음식마다 간이 잘 배어 병원에서 먹는 환자식과는 하늘과 땅 차이다. 그날따라 아침 식탁을 차리는 아내를 무심히 쳐다보다가 한 달여 입원 생활 동안 한 번도 생각 못 한 한마디가 나도 모르게 불쑥 입 밖으로 튕겨져 나왔다.

"빵은 언제부터 묵노?"

우여곡절 끝에 시작하여 그새 두 해를 훌쩍 넘긴 아내표 아침 빵상은 나의 입원 소동으로 환자식 밥상으로 대신한 순간부터 뇌리에서 사라진, 그동안 꼿꼿하게 지켜온 자랑스러운 빵상의 메뉴들. 고소한 호밀 바게트, 듬삭하고 달콤한 단호박 수프와 싱싱한 샐러드 그리고 훈제된 베이컨 등 갖가지 빵상의 일가들을 까맣게 잊고 있었으니 이 무슨 무람없는 배신인가. 두 눈을 '차악' 내려 깐 채 골똘히 생각에 잠겼던 아내가 던진 한마디는 나를 뜨악하게 만들었다.

"이제부터 아침 빵은 안 묵을 끼니께 그리 아이소."

어안을 벙벙하게 만든 아내의 한마디는 다시 되돌릴 수 없다는 것을 나는 안다. 이제부터 아침 빵상은 나의 기억에서조차 영원히 사라질 조짐이다.

며칠 전, 친구 같은 막내 외삼촌이 세상을 떠났다. 말년에 알츠하이머를 앓아 망각의 늪에서 미아가 되어 헤매다가 폐렴이 겹쳐 와서 영원한 망각 속으로 사라졌다. 그가 세상을 떠나기 전에 나에게 소리 없이 보낸 전화가 어떤 때는 하루에 스무 번을 넘었다. 그런 전화는 며칠씩 이어졌다. 그러나 나는 단 한 번도 통화를 못했다. 그는 내 전화번호를 누르면서 다른 손으로 엉뚱한 앱의 아이콘을 눌러서 통화 불능 상태를 만들었다. 반대로 내가 보낸 전화도 신호가 올리는 동시에 계속 끊어지기만 했다. 나는 오랫동안 병상에서 지낸 것이 핑계가 되어 제대로 배웅도 하지 못하고 그를 떠나보냈다. 하얗게 지워진 기억들을 가슴에 묻은 채 그는 서둘러 길을 떠났다.

인간은 생태적으로 망각하는 동물이다. 가끔 지나간 상처의 아픔에서 벗어나려는 욕망은 아내가 어제 아침에 차려준 밥상의 메뉴가 뭐였는지 까맣게 잊고 있는 것처럼 우리들 삶 속에 일상으로 널려있는 것이다. 망각이 설사 안타깝거나 슬픈 사연들일 수도 있지만 어찌 보면 인간에게 그것만큼 유익한 신의 선물이 또 있을까. 잊었던 기억들이 새삼 되살아나고, 존재하는 것들이 소리 없이 사라지는 것이 생의 흐름이다.

인생 면허증

타의 반, 자의 반으로 평생에 두 번 국가고시를 치른 경험이 있다. 어릴 때는 전국 중학교 입학 학력고사, 성인이 되어서는 자동차운전면허시험이다. 첫 번째 입학시험은 보기 좋게 낙방하고, 2차 응시까지 가서야 가까스로 중학교 입학 자격을 받을 수 있었다.

운전면허시험은 나이가 사십을 넘어 치렀다. 같은 값이면 다홍치마라는 옛말을 따라 주제넘게 1종보통운전면허 시험에 도전한 것이 화근이 되었는지 시험을 치르면서 어려운 고비를 몇 번이나 겪어야 했다. 응시한 사람 중에서 단 한 번 만에 합격하는 사람이 여럿 있었으나, 나는 그들에 비하면 처음부터 한참 모자라는 얼치기였다. 주행시험에서 각종 코스나 주차 시험을 치르면서 시험용 봉고 트럭의 적재함이 그렇게 길고 거추장스럽다는 걸 새삼 느꼈다. 평소 진중치 못하고 경박한 내 성정 때문인지 시험의 과정들이 하나같이 두렵기만 했다. 근무 시간에 짬짬이 틈을 내서 회사 운전기사를 구슬려 주행교육을 받았다. 그러다 천신만고 끝에 사람 좋은 감독관을 만나 아슬아슬하게 도로주행까지 마쳤다. 며칠

뒤, 받은 운전면허증의 후광은 지나간 몇 년 동안 나의 생활에서 가장 빛난 것이었다.

운전면허증을 받고 난 후 통 큰 후배가 연습 삼아 타고 다니라며 공짜로 제가 타고 다니던 차를 나에게 넘겨준 것 말고는 내가 자동차를 가지기로는 평생에 딱 한 번뿐이었다. 그날은 운전면허 자격을 취득하고 난 후 만덕고개의 고난의 출퇴근도 숙련이 되어 웬만큼 익숙해지고 있었다. 집 현관 앞에 주차한 짙은 회색빛 광택이 번쩍번쩍 빛나는 자동차는 오매불망 소원하던 나의 첫 번째 차였다. 앞뒤 좌우를 재어가며 중후한 맵시를 둘러볼수록 마음은 날아갈 듯 기분 좋은 아침이 아닌가. 짱짱한 겨울이지만 신선한 공기는 자동차 시트의 푹신한 감촉과 함께 한결 가볍고 상큼하기만 했다.

해발 이백 미터를 넘어가는 출근길은 밤새 내린 눈으로 아스팔트 지면이 얇게 얼어 있었다. 경비실을 지나고부터는 사무실까지는 가파른 비탈길이다. 행여 눈길에 줄지어 늘어선 가로수와 부딪히거나 미끄러져 차에 생채기라도 나면 어쩌나 하는 노파심에 갓길에 차를 세우고, 바퀴에 미끄럼 버팀목을 단단히 고인 후 사무실까지는 걸어서 출근했다. 길이 녹으면 차를 끌어와 주차장에 모셔다 둘 것이다.

한 시간쯤 지났을까. 경비실에서 잠시 경비실로 내려와 달라는 전갈을 받았다. 그날따라 경비원의 전화기 소리를 듣고 불안한 예감이 들었다. 아니나 다를까, 눈앞의 현실은 '참사' 그 자체였다.

트랙터를 몰고 가던 직원이 비탈진 눈길에서 미끄러져 육중한 트랙터를 내 차의 문짝에 처참하게 처박고, 다시 빼려다 다시 미끄러지기를 거듭했다고 한다. "오오! 하느님, 맙소사!" 처참한 몰골이 된 차는 아직 좌석의 비닐도 벗겨지지 않은 채 세상 구경 하루 만에 정비소에서 새로운 문짝으로 바꿔 달아야 하는 비극적 운명을 맞게 된 것이다. 운명에 저항한 만용이거나 충격적인 경험 탓인지 그 뒤로 나는 단 한 번도 차를 사지 않았다.

오랜 직장생활을 접고 은퇴하여 고향으로 돌아와서는 여태 타고 다니던 승용차는 회사에 반납하고 차 없는 신세가 되었다. 출근할 일은 없어도 집집마다 차 하나쯤은 의당 있는 게 요즘의 세상이 아닌가. 이웃 사람들이 타고 다니는 검은 세단의 미끈한 모습이 그렇게 부러울 수가 없다.

나는 한때 유홍준 선생의 《나의 문화유산답사기》를 읽고 마음을 빼앗겼다. 틈이 나면 책에 적힌 대로 유명한 산사나 명승지를 찾아다니며 주유하기로 마음을 정하고 맨 먼저 2박 3일 일정으로 전라도 일대를 두루 돌아다녔다. 이제 홀가분한 몸이 되었으니 그동안 마음속에 쟁여두었던 곳곳을 들춰내어 남은 생애의 속도와 맞춰가며 유유하게 살고 싶은 것이다.

눈길에서 참변을 당한 나의 첫 번째 자동차 다음으로 생애 두 번째 차를 사기 위하여 가족회의가 열렸다. 주객이 전도된 상황이기는 하나 거금의 자동차 값을 치르기에는 아내의 도움 없이는 가당치 않은 일이라 생각부터가 마음이 무거웠다. 여태 지나온 경험이나 눈앞에 펼쳐지는 정황으로 보아 내 손으로 자동차를 사기는 물론이고 앞으로의 은퇴 생활이 결코 녹록지 않을 것이라는 불길한 예감이 들기 시작했다. 그 징조는 아내와 며느리 입에서부터 조짐을 나타냈다. 예측한 대로 결과는 앞으로 운전을 해서는 안 된다는 결론을 내렸다.

'그동안 운전을 하면서 발생한 수많은 접촉 사고와 겁도 없는 과속으로 납부한 범칙금이 한두 푼인가, 게다가 자동차세 보험료 턱없이 올라가는 기름값은 어쩔 것인가. 이제 나이 들어 운동신경과 판단력마저 둔해져서 사고 위험조차 높으니 차를 사는 것만은 그만두자. 가급적 대중교통을 이용하고, 바쁜 일이 생기면 택시를 타라.'는 권고의 말씀까지 곁들여 하는 말은 마치 법원의 판결문을 읽는 것 같았다. 언젠가 경기도를 출발하여 부산까지 한 차례 왕복 길에 중부고속도로와 경부고속도로를 통과하면서 하루 사이에 무려 세 번이나 속도위반의 전과가 있는 나를 그들은 용케도 기억했던 모양이다.

차를 사기로 펼쳐놓은 화려한 나의 꿈은 결국 한 발자국도 떼지 못하고 한낱 허무한 신기루가 되었다. 노인이 되면 노인의 운명은 저 자신이 혼자 결정할 수 없다는 사실을 여태 나는 까맣게 잊고 있었다. 모든 희망은 여름밤의 한낱 꿈이 되었다.

이제 자동차 없는 운전면허증은 무슨 소용이 있으랴. 얇은 지갑 속에 무심하게 깔린 채 무장무장 흘러온 나날이 어느 날 고령자 운전은 적성검사를 한 해를 앞둔 '유효기한 임박'이라는 서글픈 운명으로 바뀌었다. 선심 쓰듯 내민 알량한 십만 원짜리 교통 카드 한 장으로 그새 쌓였던 애증들을 어찌 다독여 줄 수 있을까. 내년이 되면 손자 녀석의 장난감이 되어버릴 면허증 딱지, 겨울의 나무처럼 모든 것을 내려놓는 공허함, 인생이 나들이 왔다가 마지막 남긴 한 조각 파편처럼 서글프기만 하다. 그래, 이참에 비우고 멈추고 내려놓자. 갖고 갈 것은 아무것도 없다.

은행나무

집을 나서서 버스정류장까지 가는 길은 은행나무 가로수 길이다. 여름 내내 풍성한 잎으로 짙은 그늘을 만들더니 가을 들어 노란 단풍이 구름처럼 피었다. 자연은 끊임없이 변화하는 것. 때아닌 비바람과 뚝 떨어진 기온으로 나뭇잎은 앙상한 가지에 손가락으로 셀 만큼만 남았다. 바람이 불 때마다 행여나 떨어질세라 발버둥을 치며 매달려 있는 모습이 안타깝다. 그래도 골이 깊게 파인 줄기는 언제 보아도 변함없이 억세고 튼실해서 마치 시골 머슴의 장딴지처럼 든든하다. 정류소에서 버스를 기다리면서 차들이 싱싱 달리는 쭉 뻗은 도로에 독일 병정처럼 묵묵히 도열해 있는 은행나무를 생각한다.

은행나무는 원산지가 중국으로 교목이다. 번식력이 강해 개체수가 많은 만큼 나무에 대한 이야깃거리도 많아 옛날부터 사람의 입에 회자된 나무 중의 하나다. 크기가 다 자라면 길거리의 전봇대는 은행나무의 어깨에도 닿지 못할 만큼 큰 키를 자랑한다. 싹이 튼 지 강산이 두 번은 변해야 열매를 맺으니 '씨를 심어 손자를 볼 나이에 열매를 얻는다.' 하여 공손수公孫樹라 부르기도 한다. 수

명 또한 길어 백 년 정도 묵은 나무는 우습게 보며 '살아 있는 화석'이라고 부르는 말의 뜻을 알만하다. 몇 년 전에 틈을 내어 가 본 양평 용문사 은행나무는 우리나라 최고의 은행나무로 신라 진덕여왕 때 건립한 절의 나이에 버금가는 천년 노거수로 밑동 둘레가 어른 열 아름은 훨씬 넘는다 하니 그 어마어마한 둘레와 큰 키에 놀라지 않을 수 없었다.

은행나무의 꽃은 암수가 각각 다른 딴 그루 나무로 봄이 되면 잎과 함께 꽃이 핀다. 수꽃 꽃가루는 꼬리가 달려 동물의 정자처럼 스스로 움직여 난자를 찾는다고 하니 보통 동물과 별로 다를 바 없어 정충精蟲이라 부른다. 번식력과 정력 또한 대단하여 암수가 마주 보기만 해도 사고 치는 바람둥이이기도 하다. 열매는 가을에 다 익어서 땅에 떨어지며 흉측한 냄새를 풍긴다. 이 냄새는 은행나무가 갖고 있는 종족 보존을 위한 탁월한 기능 중의 하나라 한다.

사람들도 길을 걷다가 열매를 만나면 행여나 밟을세라 비 오는 날 징검다리 건너듯 조심조심 발걸음을 딛는다. 잘못하여 열매를 밟는 날이면 하루 종일 발바닥에 고약한 냄새를 달고 다닐 것이다. 그러나 결과는 명확하다. 그 기구한 생명은 사람들의 구둣발에 짓밟혀 아까운 생애의 끝을 맺는다. 아직도 보도블록 위에 군데군데 희미한 상흔이 열매의 기구한 운명을 말해 준다. 이런 이유로 가로수를 심을 때는 암수 나무를 구별하여 따로따로 심는다. 그러나 명심하라, 수나무의 꽃가루가 십 리를 날아가 제 가족을 만든다는 사실을. 암수 구별이 쉽진 않지만 조경사의 실수인지 심술인지는 알 수 없으나 길에 떨어진 열매가 사람들의 원성의 대상일 수밖에 없다. 가까운 장래 나무도 성전환할 수 있도록 식물학자들이 연구 중이라 하니 사람의 욕망이 끝이 없다. 종족 번식을 위하여 수단 방법을 가리지 않는 것은 사람을 비롯하여 모든 생물의 엄연한 본능인데 이 본능을 인위적으로 제한하는 것은 자연의 순리에 역행하는 모순이 아닐까.

은행나무는 이산화탄소를 흡수하는 능력이 뛰어나 가로수로서 적격이라고는 하나 은행나무 자신으로 보면 길거리에서 밤낮없이 매연을 들이마시고 미세먼지를 주는 대로 받아야 하는 고통에서 어찌 벗어나고 싶지 않겠는가. 도시에서는 스스로 마주할 수 있는 사랑은 언감생심 생각도 할 수 없고 조경사의 능력(?)을 바랄 수밖에 없다. 아무리 애를 써도 호시탐탐 결별을 노리는 사람들의 흉계로부터 벗어나지 못한다. 부처님 손바닥 안이다. 차라리 쌍쌍이 도시를 떠나 귀촌할 수만 있다면 얼마나 좋을까. 한여름 뙤약볕 아래 어느 시골 장터 산나물 파는 할머니 등에 서늘한 그늘이 되어주거나 학교 운동장의 양지바른 곳을 찾아 살림을 차리고 운우지정을 나눠 자자손손 주렁주렁 자식 낳는 재미가 은행나무로서는 가장 쏠쏠한 행복이고 최고의 바람일 것이다.

가을이 되면 은행나무 숲에 가고 싶다. 황금빛 바다에 몸을 던지고 푸른 하늘 아래 떨어진 낙엽을 밟으며 끝없이 걷고 싶다. 은행나무 숲은 낭만이 있고 추억이 숨을 쉰다. 시가 있고 사랑이 있

다. 갈등과 절망이 사라지고 치유와 휴식이 몸과 마음에 충만하
다. 벤치에 앉아 책을 읽고 가을의 노래를 부른다.

지난여름에 나무에 매달린 잎들은 부채가 되어 시원한 바람을
불러오더니 가을이 되자 노랑나비가 되어 바람과 함께 군무를 춘
다. 경쾌한 왈츠의 곡에 맞춰 신나게. 자작시 '은행나무' 한 구절
을 옮긴다.

> '비가 오네/ 슬픈 가을이 가네/ 비록 우표 없는 편지라도/ 바람
> 은 어김없이/ 사연을 전하네// 가난한 청소부는 자루에/ 고독을
> 쓸어 담고/ 빈 가슴을 채우네'

계절이 옮아가면서 가을은 슬픔을 두고 간다. 가을과 함께 떠난
소녀는 노란 은행잎을 따다 엽서를 띄운다. 어느 먼 훗날 누렇게
바랜 책갈피 속에 미라처럼 마른 은행잎 하나 있을 것이다.

어느덧 성큼 다가선 겨울, 은행나무는 오늘도 장대한 나뭇가지
를 하늘에 뻗고 차들이 싱싱 달리는 길거리에서 병정처럼 도열해
있다.

쪼가리

"오늘부터 각 세대가 버리는 폐지는 목요일이 아닌 금요일 아침에만 수거합니다."

목요일 아침 느닷없이 아파트 관리사무실에서 흘러나온 방송이다. 종전의 폐지 수집 날짜는 목요일 저녁부터 다음 날 아침 열 시까지였다. 그러나 가을이 짙을수록 종잡을 수 없이 부는 바람은 모아둔 빈 상자나 폐지 쪼가리들을 어지럽게 날려 보내 청소하기가 난감했기 때문일 것이다. 혹여 버려진 종이 속에 누군가가 쓰다 버린 가을 편지가 낙엽처럼 흩날리고 있지나 않았을까.

계절이 이맘때면 남쪽으로 향한 거실 창문은 무더운 한여름만큼이나 자주 여닫기 마련이다. 어쩌다 서늘한 소슬바람이라도 불어올까 기다리는 마음이다. 여름과 가을의 틈새에서 제대로 자리 잡지 못하고 갈팡질팡한 날씨가 며칠 지나자 몸체를 제대로 갖춘 가을이 되어 성큼 다가왔다. 바람의 뒤를 이어 대기는 고슬고슬 말라가고, 뒷 창문으로 백양산 푸른 능선이 가만히 가슴을 연다. 이런 날 바람고개에는 가을바람이 나그네의 옷깃을 스치듯 지나갈 것이다.

창밖으로 바라보는 가을의 모습은 이제 먼 이야기가 되었다. 내가 살고 있는 아파트 앞에서 큰길이 있는 동쪽으로 트인 입구를 제외하고, 서쪽은 언덕에 가리고, 남북으로 삼십층이 넘는 거대한 아파트가 뒤를 따라 다가왔다. 오래전부터 먼 데서 높은 빌딩들이 슬금슬금 기어 오다가, 어느 날부터는 껑충껑충 뛰어왔다. 집 앞에 십오 층짜리 오피스텔이 두 동이나 들어섰지만 같은 층수의 우리 집과는 키재기를 할만해서 그나마 다행이다 싶었는데, 그것은 착각이었다. 겨우 조무래기를 피했더니 감당 못 할 거인이 떠억 버티고 섰다.

몇 년 전부터 인근 다주택 주민들과 개인 건물을 소유한 주민들이 재건축 사업을 시작했다. 착공한 지 겨우 한 해도 되지 않은 사이에 높이가 우리 아파트의 두 배가 훨씬 넘는 고층으로 우리 집 창문에서 꼭대기 층이 아득하게 올려다보였다. 똬리를 튼 공룡은 하늘의 모양과 불어오는 바람의 향방을 바꿔 놓았다. 집에서 바라보는 하늘은 빌딩의 한쪽 귀퉁이에서 볼품없는 쪼가리가 되어 매달려 있었다. 뒤창에서 보이던 백양산의 눈썹 같은 능선도 어느새 한쪽 귀퉁이는 흔적 없이 자취를 감추었다. 하루가 다르게 세상이 바뀌듯이 눈에 익은 풍경들이 하나둘 사라지고, 그 자리에 나타난 새로운 모습들을 맞이해야 하는 것도 어쩌면 사람이 살아가는 숙명인지 모른다.

자존심이 무너져 내린 우리 입주민들도 부랴부랴 재건축을 하겠다고 사발통문을 돌리고 엘리베이터 안의 게시판에 안내문이

나붙었다. 소문이 나자 인근의 부동산중개소에 동네 사람들이 들락거리는 횟수가 잦아졌다.

소창한 가을하늘이지만 쪼가리만 보이는 집안에 갇혀 있기로는 까칠한 소가지 탓에 가슴이 답답하다. 점심때가 다 되어 초읍 가는 버스를 탔다. 성지곡수원지 앞 정류소에 내려 김밥 한 줄을 사는데 번호표를 받았다. 앞에 대기 인원이 여섯 명이나 되었다. 편의점에 들러 생수 한 병을 사서 배낭에 넣었다. 김밥집이나 편의점이나 문전성시여서 생업에 허덕이는 소상인에겐 그나마 다행이다.

주말이라 그런지 수원지 입구부터 사람들로 붐볐다. 사람들의 수를 세어보면 수원지 물 만큼이나 넉넉하겠다. 완만한 경사, 꾸불꾸불한 데크 길, 하늘로 쑥쑥 뻗은 채 숲을 가득 메운 아름드리 편백나무는 사시사철 변함없는 사람들의 벗이다. 나무에서 뿜어내는 피톤치드는 삼림욕의 효능이 높아 이곳에 사람이 모이는 가장 큰 이유 중의 하나이기도 하다.

숲속을 걷는 내내 울창한 나무들이 하늘을 가려 하루 종일 해를 보기도 힘들다. 수관樹冠이 서로 밀어낸 사이로 푸른 하늘이 아득하게 올려다보인다. 하늘 가운데 한 가닥 흐르는 구름은 빠질 수 없는 액세서리이다. 쉬엄쉬엄 걷다가 호젓한 숲속 벤치에 나를 내려놓는다. 머릿속에서 엉클어지고 쪼가리가 된 여러 상념들이 차례로 제자리를 잡고 마음속의 물결이 잦아들면, 그나마 짬을 내어 여기까지 온 보람은 생각보다 푸짐하다.

우듬지가 반짝이는 것은 나뭇가지에 매달린 잎새 사이로 햇살이 빛나서 그런가. 아니면 햇빛을 받은 나뭇잎이 불어오는 바람에 흔들리는 탓인가. 볕에 보송보송하게 마른 바람이 귓볼을 간질이며 지나간다. 시장기를 느껴 배낭을 푼다. 혼자 먹는 김밥이지만 결코 외롭진 않다. 물 한 모금 목으로 넘길 때마다 뭉텅이로 쪼가리가 된 푸른 하늘이 저만치서 내려다보고 있으니까.

정진하는 스님의 의복 색깔인 잿빛은 원융圓融의 색이라 했던가. 숯으로 잿물을 들인 헝겊 조각이라 하더라도 촌부의 반짇고리에 담겼으면 헝겊 쪼가리라 부른들 무에 흉이 될까마는, 쪼가리로 너덕너덕 꿰맨 누더기 가사 장삼이라면 속인들이 이르기를 운수납자雲水衲子라며 부르는 이름조차 격이 다를 터.

집을 벗어나와 산에 들어서면, 나뭇잎이 하늘을 가려도 억울하지 않다. 산속의 그늘은 축복이니까. 먹다 남은 과자 부스러기는 성지교 다리 밑에 잉어 먹이로 던져주고, 휘적휘적 마음이 옮아가는 대로 걷는다. 그새 수원지 한 바퀴하고 반은 더 걸었나 보다. 생각 같아서는 만남의 광장으로 올랐다가 바람고개를 둘러 선암사로 내려오면 딱 좋으련만. 아쉽다, 그 길은 아껴 두었다가 단풍이 내려오는 날 마중하며 걸어야지.

저녁 늦게 동네 목욕탕에 다녀왔다. 따끈한 목욕물에 데워진 얼굴은 가을바람에 상큼했다. 건널목 두 개를 건너고, 마지막 건널목을 건너면 아파트 입구에서 약간의 비탈길을 만난다. 빨간불이 켜지기 전에 뛰다시피 건너 가쁜 숨을 몰아쉬다가 무심코 어둑한 한쪽 하늘을 쳐다보았다. 하늘은 노을로 아름다웠다. 옅은 마호가니 빛으로 물든 하늘이 좁은 빌딩 사이로 길게 이어졌다. 무수한 쪼가리들이 끊어질 듯하면서도 끊어지지 않고 산으로 이어지다가 하늘이 맞닿는 곳에서 무한대의 우주로 뻗어가고 있었다. 광대한 밤하늘에 어둠이 깊을수록 별들은 더욱 빛난다.

하늘은 집에서 바라보던 그 쪼가리가 아니었다.

5부

기억과 망각의 뒤안길

망각은 보통 기억을 상실하거나 왜곡되는 것을 의미합니다. 기억은 한번 경험했던 시간과 공간에 대한 감각이 사람의 몸이나 마음속에 깊이 새겨져 사라지지 않고 숨겨져 있듯이 망각 또한 서서히 늙어가는 자연적인 노화의 한 부분으로 존재하지요. 우리들은 기억이 오랫동안 머릿속에 남아 있기를 바랍니다. 기억으로 남아 있는 존재가 어디로 사라져버리는 망각을 두려워하여, 모든 수단 방법을 써서라도 지키려는 것은 인간의 보편적인 본능일 것입니다.

그러나 사람에 따라서는 잊고 싶은 기억, 기억하고 싶지 않은 기억보다 차라리 잊어버리는 망각이 오히려 다행일 수 있는 일들이 세상에 흔하게 널려 있습니다. 기억의 비움은 망각이죠. 아픈 상처나 실패한 과거의 기억은 비워야 새로운 기억을 담을 수 있고, 새로운 기억이 담겨야 아픔도 사라지지 않을까요.

요즘 저에겐 기억하고 싶지 않은 기억, 차라리 망각이 위안이 되기를 바라는 일이 예고 없이 찾아왔습니다. 가을이 여름을 밀어내며 오는 길에 반갑지 않은 불청객을 함께 데려와서 저의 심상이 망연茫然합니다. 하필이면 이런 일이 어쩌자고 이 명징明澄한 계절에 때맞춰 찾아오는지요. 가을빛이 한가득 대지를 물들이면, 슬픈 기억거리는 바람 속의 낙엽이듯 그냥 떠나갔으면 좋겠습니다.

나이가 나보다 두 살 위인 막내 외삼촌은 같은 반은 아니지만 같은 해, 같은 중학교를 졸업한 동기 동창생입니다. 둘은 어머니에게서는 누나 동생으로부터 시작해서 조카 아재비로 만나 그 많은 세월을 무람없는 친구처럼 함께 보냈습니다. 흔히들 인간 만사가 인연으로 비롯된다는데, 그 많은 사연을 품고 오늘까지 굽이굽이 흘러온 세월들이 그리 만만하겠습니까. 두 사람 사이엔 기쁨보다 아픔이 많은 인연이라서 더욱 절절합니다.

어느 날, 동기생 모임에서 점심 모임을 갖기로 하고, 아무 날, 11시 30분에, 온천장 지하철역에서 만나기로 공지가 왔었지요. 그곳에 모여 승용차를 나눠 타고 목적지로 갈 참이었습니다. 여느 때처럼 그날도 돈 많고 인정 많은 친구를 가진 덕택에 훈감한 밥상으로 배불리 먹는 날이었지요. 약속 전날, 외삼촌에게서 공지에 대한 확인 전화가 왔습니다. 개인별로 일일이 통지를 했겠지만, 날짜 시간 장소를 또박또박 다시 되뇌어 알려 주었습니다.

이튿날 아침, 막 세수를 하려는데 외삼촌한테서 전화가 왔습니다. '일곱 시 반부터 약속 장소에서 기다리고 있는데, 여태 한 사람도 나타나지 않는다.'고 불같이 화를 내더라구요. '웬 똥딴지같은 소리야.' 그러다가 나도 모르게 가슴이 철렁 내려앉았습니다. 얼마 전부터 낌새가 이상하여 긴가민가하던 참이었습니다. 며칠 되지 않은 사이에 외삼촌으로부터 대꾸 없는 전화가 하루 사이에 수없이 걸려 온 일이 있었지요. 그땐 '무슨 쓸데없는 전화를 이리 많이 걸까.' 하고 데면스럽게 생각했었습니다. 설마 하면서 동시에 불현듯 기억의 한 조각이 머릿속에서 불쑥 솟아올랐습니다. 그 것은 병고에 시달렸던 돌아가신 어머니의 모습이었습니다. 그날 따라 외삼촌의 얼굴에서 어머니의 모습이 유난히 또렷하게 겹쳐 보였습니다. 반가운 모임에서 진수성찬을 앞에 두고 밥맛은 고사 하고 무거운 돌덩이가 온종일 가슴을 짓눌렀습니다.

알츠하이머병은 퇴행성 뇌질환입니다. 이 병에 걸리면 뇌에 있 는 해마가 공격을 받아 망가지고, 기억은 소멸하기 시작합니다. 언어 능력이 떨어지고, 지남력과 판단력도 저하되면서 정상적인 일상생활을 영위하기 어려워집니다. 정신적 행동 증상이 나타나 고, 낙상 욕창 대소변 실금 등 신체적 증상이 따라오면 최악의 상 태가 된다고 합니다.

어머니는 다섯 해가 넘도록 이 병에 시달리다가 세상을 떠나셨 습니다. 병을 앓는 동안 후덕한 얼굴은 자글자글 찌들어지고, 보 기 좋던 몸태는 졸가리처럼 말라갔습니다. 걸핏하면 넘어져서 몸 의 여기저기에 퍼런 멍이 들곤 했지요. 그럴 때마다 며느리가 때 린다고 주위 사람들에게 하소연하고 다녔습니다. 조그마한 빈틈 만 나면 집을 뛰쳐나가서 온 가족이 며칠씩 곳곳을 찾아 나서야 했고, 며느리는 사흘이 멀다 하고 이부자리를 빨고, 목욕도 이틀 을 넘기지를 못했지요. 그뿐입니까. 목욕할 때마다 며느리가 밀다고 주먹으로 쥐어박기도 하고, 목욕물을 엎어버리기가 일쑤였습니다.

침대에서 조용히 누워 치료를 받을 수 없도록 증상은 날이 갈수록 사납기만 했습니다. 통증 대신에 미망迷妄에 허덕이는 환자와, 그나마 지탱해 온 가정이라는 형체마저 함께 무너져 내렸습니다. 치매의 심각성과 무서움을 그때 처음 알았습니다. 요즘처럼 요양병원이라도 있었으면 환자나 가족에게 얼마나 편리했을까요. 그때는 요양병원 가기가 하늘의 별 따기처럼 어려웠습니다.

어머니나 가족들이 점점 지쳐 갈 즈음, 하루는 어머니가 전에 없이 진중하게 며느리를 불러 앉히고 말씀하셨습니다.

"그동안 내가 너에게 잘못이 많다. 미안하구나. 용서하거라."

사흘 후, 어머니는 며느리의 치맛자락을 잡은 채 조용히 눈을 감으셨습니다. 짧은 시간이지만 스치듯 지나간 지난 삼일은 불쌍한 어머니에게 망각으로 오래 닫혔던 기억의 문이 기적적으로 열린 순간이었습니다.

그동안 쌓아 놓았던 수많은 기억들을 훼손시킨 망각의 늪에서 헤매던 어머니는 이제는 자유의 몸이 되었습니다. 고통을 벗어난 세상에서 영혼인들 얼마나 홀가분하실까요. 생전에 흩어졌던 기억의 파편들을 하나하나 쌓아 올려, 비었던 공백을 채웠겠지요.

며칠 전, 아내와 외가에 다녀왔습니다. 외삼촌은 몸이 부지깽이처럼 말라 있었고, 눈은 '퀭'하게 패였으나 형형하게 빛나 평소의 그의 총명함이 살아있는 듯했습니다. 그날따라 다행히 기분이 좋아 보여서 마음이 가벼웠지만, 보이지 않는 한구석에 불안한 그림자가 어른거리는 것은 어쩔 수 없었지요. 자식들이 병원에 가자거나, 식사를 빠뜨리지 말고 드시라고 간청해도 자기가 알아서 하겠다고 고집을 피우기만 했습니다. 요즘 이 병에는 근본적인 치료약은 없어도 증상을 완화하거나 지연시키는 약이 개발되어 처방을 받을 수 있다니 그나마 얼마나 다행스러운 일입니까. 막무가내는 외삼촌에게 '이제 우리도 이만치 늙었으니, 이참에 자식들 말에 순순히 따라가 보자. 이 나이 돼서 자식들에게 신세 지는 것, 부끄러울 것 하나 없다.'고 다독였더니 말없이 고개를 끄덕였습니다. 그의 눈에도, 나의 눈에도 금세 흥건하게 물기가 배어 왔습니다.

하직 인사를 하고 나오는데 외삼촌이 큰길까지 따라 나왔습니다. 뒤도 보지 않고 한참을 걸어 나왔지요. 아내가 팔을 툭 치며 아직도 그 자리에서 우리를 바라보고 계신다고 귀띔을 하더라구요. 우리가 보이지 않을 때까지 보고 있을 그의 모습이 뒤돌아보지 않아도 눈에 선했습니다. 그러나 저는 아내의 말에 대꾸도 않고 앞만 보고 걸었습니다. 고개를 돌려 뒤를 보고, 손이라도 흔들고 싶었지만 꾹 참았습니다. 그의 얼굴에서 그동안 제가 망각하고자 무던히 애쓴, 병고의 어머니 얼굴이 겹쳐 보이며, 행여나 기억으로 되살아날까 겁이 났습니다.

아버지의 집

저녁 약속 장소에서 윤 선생을 만났다. 산에 다녀오는 사람처럼 입은 옷이나 모자, 신발까지 모든 게 등산 차림이었다. 그가 부모 산소에 다녀오는 길이라는 걸 나는 알고 있다. 아침에 그의 전화를 받았기 때문이다. 우리는 만나면 늘상 가는 대로 골목 안의 빈대떡집으로 향했다. 코로나 탓인지 오늘은 한쪽 구석 자리에 일행 세 사람이 자리를 차지하고 있을 뿐 예전과는 달리 무척 설렁했다. 윤 선생이 주인아주머니에게 엄지손가락 하나를 쳐들자 아주머니는 알았다는 듯 고개를 끄덕였다. 우리끼리 통하는 변말이다. 빈대떡 한 접시와 막걸리 주전자가 탁자에 놓이자 그는 내 잔과 자기 잔에 술을 따랐다. 걸쭉한 첫 잔의 마력이 식도를 자극했다. 말 없는 가운데 술이 첫 순배가 돌았지만 그는 뜸을 들이듯 한참 후에 입을 열었다.

나무를 벤 자리에 사월의 햇살이 포근히 내려앉았습니다. 아버지의 유택은 새로 입힌 잔디와 돋우어 올린 봉분으로 몰라보게 바뀌어 있었습니다. 지난 일 년 사이에 파랗게 자란 잔디의 색깔만큼이나 마음이 밝아 왔습니다.

　작년 이맘때쯤 '부지깽이를 땅에 꽂아도 싹이 난다.'는 밝고 맑은 청명 한식날을 시작으로 나는 아버지 유택의 묵은 흙을 걷어내고 새 흙으로 봉분을 돋우고 새 잔디를 심었습니다. 더군다나 봉분 바로 뒤에 바투 심어진, 줄기가 아름드리만 한 나무 한 그루를 베어내고 나니 아픈 이가 빠진 듯 마음이 홀가분하기 이를 데 없었습니다. 알고 보면 나무는 아버지 집을 망쳐버린 주범이었습니다. 누가 심었는지 주인도 알 수 없는 이 나무는 하루하루가 다르게 자라더니 무성한 잎들이 아버지 집을 통째 그늘로 덮었습니다. 비가 오면 잎에서 물을 받아 한곳으로 쏟아붓는 바람에 잔디는 물론이고 잔디가 붙어 있는 흙까지 씻겨 내려 골이 파이는 바람에 봉분까지 무너져 내렸습니다. 공원묘지 관리사무실에 조치를 요구했더니 처음에는 나무 주인의 허락 없이 손을 댈 수 없다고 우기다가 몇 달 동안 끈질긴 설득으로 묘주가 비용을 부담하고 벌목하기로 양해를 받았습니다. 밑동까지 베고 난 나무는 줄기와 가지가 트럭의 적재함에 가득했습니다.

　내가 열네 살 때 아버지는 이웃 동네에서 일어난 화재로 살던 집을 잃었습니다. 이 동네로 이사를 온 지 꼭 십 년만이었습니다. 그로부터 내 나이 서른 살이 될 때까지 우리는 판잣집에서 살았습니다. 두 칸 방은 좁고 천장은 머리가 닿을 듯 낮았습니다. 겨울이 되면 바람은 윙윙 불어 문짝은 끊임없이 흔들려 덜커덕거리며 요란한 소리를 냈습니다. 여섯 식구가 방 두 칸에 움츠려 살았고 아버지는 그 충격 때문인지 시름시름 앓으셨으나 밖으로 내색하지 않으려고 무척 참고 계시는 듯했습니다. 형이 대학교 등록금 낼 때가 되면 온 집안이 전전긍긍했고, 그럴 때마다 아버지는 시골 병원을 개업한 친척 집에서 요양을 하시다가 집으로 와서, 등록금을 마련해 주시고는 다시 시골로 올라가시곤 했습니다. 형이 학교 등록금을 내고 나면 나의 학교 수업료는 몇 달씩 밀리기가 일쑤였습니다. 해마다 똑같은 일들이 반복되었습니다. 형이 입던 옷을 줄여 입고 가방도 물려받아 들고 다녔습니다. 나는 언제나 형에게 밀린 후순위였습니다. 어느 날 나는 꼬리처럼 따라붙는 후순위가 화근이 되어 아버지에게 울며 패악悖惡을 치고 대들었습니다. 오랫동안 쌓였던 울분과 서러움이 한꺼번에 터져 나왔습니다. 말없이 고개를 숙이고 계시던 아버지는 내가 갈수록 기승을 부리자 갑자기 일어나시더니 나에게 뺨을 한 대 후려쳤습니다. 그리고는 말없이 훌쩍 밖으로 나가셨습니다. 나는 격한 감정이 북받쳐 꺼이꺼이 울었습니다. 밤늦게 돌아오신 아버지는 이튿날에도 아무 말씀이 없었습니다. 나는 며칠 동안 회한과 자괴감에 시달렸습니다. 그때의 두꺼운 아버지의 손바닥이 내 뺨을 때린 자국은 지금도 잊지 않고 있습니다. 그것은 아버지가 울고 아파한, 내 평생에 단 한 번뿐인 징표였던 것입니다.

내 나이 서른다섯도 되지 않아서 생애 처음으로 택지를 분양받아 조그마한 집을 지었습니다. 그때만 해도 내 또래에 자기 집을 갖기는 어려운 시절이었지만 세월의 아픔이 나를 단련시켰는지 내 집을 갖기 위해서 무서운 결기를 보였습니다. 마당에 잔디를 심었고 옥상에 올라가면 바다가 보이는, 내가 세상에 태어나서 처음 가져보는 아담한 보금자리였습니다. 집을 다 짓고 나서 아버지에게 자식의 집에서 하룻밤이라도 주무시라고 권해도 한 번도 주무시지 않고 어머니가 계시는 판잣집으로 돌아가서 주무셨습니다. 지금 생각해 보면 그때 내 집을 짓는 대신 판잣집을 헐고 그 자리에 아버지의 집을 짓지 못한 나의 미욱함이 두고두고 후회가 되었습니다. 아버지는 옛집을 잃은 후 세상을 떠나실 때까지 한 채의 집도 갖지 못했습니다. 그 회한의 깊이를 저는 감히 짐작도 못 했습니다.

화창한 가을 어느 날 아침, 아버지는 여느 때처럼 일어나셔서 세수를 하셨습니다. 머리까지 감으시고 꼼꼼히 씻었습니다. 어머니는 노인이 찬물에 세수를 한다며 뭐라 하셨지만, 아버지는 방에 들어가 어머니에게 이불을 펴 달라 하시고 누우시더니 잠이 드신 듯 홀연히 먼 길을 떠나셨습니다. 숙명처럼 삶을 다해서야 판잣집에서 벗어날 수 있었습니다. 아버지가 가시고 어머니는 내 집에서 지내시다가 세상을 떠나시자 아버지 가까이 유택을 마련했습니다.

아버지가 세상을 떠나신 지 벌써 반백 년이 가까이 다가옵니다. 두 분의 영혼과 함께 마지막 남은 육신까지 한 줌 재가 되어 산이나 강이든 자연으로 회귀하게 하는 것이 내가 마지막으로 해야 할 일이라고 생각했습니다. 이제는 내 일처럼 아버지 집을 고치고 잔디가 죽어도 나무를 베어 줄 사람은 없을지도 모릅니다. 그러기 전에 평생 변함없는 아버지 집을 만들어야겠다고 마음을 굳혔습니다. 얼마 전까지 내 손으로 고쳤던 집을 다시 허물어야 하는 아픔에 가슴이 저려 옵니다. 산소 앞에서 깊은 상념에 젖어 있는데 누군가가 내 귀에 대고 속삭입니다.

"힘내, 이제 네가 첫 순위야!"

아버지였습니다. 아! 그리운 나의 아버지였습니다.

윤 선생은 이야기를 마치고 깊은 숨을 내쉬었다. 물끄러미 허공을 바라보는 그의 두 눈은 촉촉이 젖어 있었다. 그 사이 주인아주머니는 세 번째 주전자를 채워 왔다. 들어올 때 있던 손님도 가버리고 가게는 텅텅 비어 있었다.

그와 헤어지고 집에 오는 길은 달이 참 밝았다. 취기로 조금은 아슴했지만 그의 이야기가 귓속에서 끊임없이 맴을 돌았다. 이번 주말이면 내 큰아이가 올 것이다. 언젠가 내가 죽으면 내 집을 짓지 말라고 당부해 두었던 말을 다시 다짐받아야겠다.

마지막 한 장을 남기고

늘 나는 달력의 마지막 한 장을 남겨놓고 결코 가볍지 않은 감회에 젖어 듭니다. 찢겨 나간 11월의 달력에는 샛노란 은행잎이 하늘과 땅에 온통 노란 물결을 이루고 있습니다. 나뭇가지는 황홀한 가을의 흔적들을 지우려 가진 것들을 말없이 내려놓고, 올해를 작별하는 한 달 동안 아낌없이 자신의 속살까지 비우려 합니다. 그동안 은행나무로 가려져 보이지 않던 달랑 한 장 남은 달력에는 하늘로 쭉쭉 뻗은 자작나무가 흰 눈을 덮어쓴 채 유현하게 숲을 이루고, 앙상한 가지 사이의 조붓한 오솔길은 잿빛 하늘로 이어지고 있습니다. 그러나 이 숲속도 한 차례 눈바람이 스쳐 지나가고 달빛에 눈빛이 푸르게 젖어 들기 시작하면 늘 곁에 머물러 줄 것 같은 시간도 언제 그랬냐는 듯 미련 없이 떠나고 한 달은 어느새 자취를 감출 것입니다. 모두가 떠나는 아쉬움을 알면서도 우리들은 그 기억들을 까맣게 잊고 있지는 않았는지.

어둑새벽에 일어나서 책을 읽고, 늦은 밤 아파트의 불들이 하나둘 사라지고, 사위가 적막 속으로 빠져들 때까지 글귀를 붙잡고 시름겨워할 때도 있었지만, 아무것도 가진 것 없는 빈손으로 보낸

한 해가 이렇게 허전할 줄은 여태 몰랐습니다. 행여나 어설픈 글감이 나의 시선의 가늠자에 좌표가 되기를 바라면서 사람들의 왕래가 번잡한 지하도를 걸어보거나, 바닷바람에 억새가 춤을 추는 제주도의 어느 무인도를 걷기도 하고, 낙엽이 뒹구는 공원을 산책하기도 합니다. 그러나 나의 방아쇠는 항상 과녁을 벗어나서 풀썩풀썩 흙먼지를 일으킬 뿐입니다. 글을 쓰기 위하여 책상을 마주 앉아 있는 시간은 고뇌의 시간이고 말 없는 고통의 순간입니다. 마음을 풀어헤치면 표박하는 돛단배처럼 출렁이고, 어쩌다 마음을 다잡으면 감정이 솟구쳐 가슴이 먹먹하여 펜 끝이 한 치도 앞으로 나가지 못합니다. 공간을 채우려 기를 쓰면 쓸수록 빈자리는 점점 넓어지고 골은 더욱 깊어집니다.

초등학교에 다닐 때부터 지금까지 한글을 익혀왔건만 여태 맞춤법은 고사하고 구두점 하나 제대로 찍을 줄 모른다고 자책하면서도 언제나 마음만은 여유만만합니다. 명징한 문장은 마침표와 쉼표가 얼마나 소중한 위치에 있다는 것을 나는 얼마 전에야 알았습니다. '총칼도 올바른 지점에서 정확히 찍힌 마침표만큼 사람의 심장을 관통하지는 못한다.'라고 하면서 '그 힘은 더 이상 덧붙일 문장이 없을 때가 아니라, 더는 뺄 문장이 없을 때 나온다.'라고 러시아 작가 이사크 바벨은 말했습니다. 숨이 '턱' 막히는 소리입니다. 그 알량한 점 하나에 따라붙은 글귀는 마디마디에 무서운 경구를 담고 있습니다. 날 선 비수와 같습니다. 이런 서릿발 가운데서도 부끄럼 없이 오류의 문턱을 넘나드는 자신이 송구할 뿐입니다.

　백번을 생각해도 이루어지리라고는 묘연한 생각이지만, 나는 누구나 그러하듯이 나의 글이 활자로 찍혀 책의 한 페이지로 태어나고, 그것이 사람들에게 두루 읽혀 지는 것이 최고의 바람입니다. 그 책이 언젠가 불쏘시개가 되어 한 가닥 연기로 사라지더라도 그 염망을 위하여 나는 독수리의 날개가 되어 푸른 하늘을 향하여 끝없이 비상하고 싶습니다. 언감생심焉感生心 하늘의 끝이 어디인지도 모르면서도 날기를 멈추지 아니할 것입니다.

　다행히 나에게도 열두 달은 아니더라도 마지막 한 달이 오롯이 남아 있습니다. 비록 그 한 달이 여적처럼 일 년의 끄트머리에 매달려 있지만 서른한 날의 하루하루가 품은 뜻은 일 년을 통틀어 가장 깊고 소중한 날들입니다. 이제 새해에는 지나간 날들의 미련 같은 건 아낌없이 버릴 것입니다. 헌 고무신 같은 둔팍하고 뒤웅스러운 집착도 모두 끊어버리려 합니다. 산뜻한 운동화로 바꿔 신고 끈을 다잡아 조일까 합니다. 그리고 맥주병 뚜껑처럼 이빨을 악다물고 열리지 않으려고 버틸 게 아니라 소주병 뚜껑처럼 슬슬 비틀면 쉽게 열리고, 닫으면 강고하면서도 유연하게 긍정적인 매듭으로 이어가고 싶습니다.

　은행나무가 고운 단풍잎을 떨구고 간 빈자리에 들어선 자작나무 숲속에는, 하얗게 덮인 눈 속에서 새 생명들이 조용히 내일을 기다리고 있습니다. 벽에 걸린 마지막 달력 한 장은 천사가 보내온 또 다른 메시지입니다.

이틀, 그리고 닷새

"**양**성입니다. 빨리 PCR검사를 받으세요."

  그날, 나는 동네 의사로부터 날벼락 같은 신속항원검사 결과를 들었다. 평소에 설마설마했던 일이 현실로 다가올 줄은 꿈에도 생각할 수 없었다. 며칠 전부터 느닷없이 골골거리던 목줄기가 콱 잠기더니 기침이 나고 목이 타는 듯 따가우면서 쉰 소리를 냈다. 요즘 들어 사람들은 몸이 여차하면 거침없이 먼저 생각나는 게 있다. '설마'라는 말이 사람을 죽일 줄 있으랴지만 이번만은 아무래도 심상치 않다. 나라 인구의 절반 이상이 설마에 연연하다 절망하지 않았는가.

  의사가 건네준 소견서를 들고 부랴부랴 선별검사소를 향했다. 시내 한복판 광장 모퉁이에 텐트를 친 코로나 임시선별검사소는 검사를 받으려는 사람들이 넓은 광장에 긴 꼬리를 물고 이어져 있다. 많은 사람이 마스크 속에서 기침을 참으려고 안간힘을 쓴다. 계절은 봄이건만 겨울 끝자락에 머문 바람은 어찌 이리 사나운지 얄밉기조차 하다. 한 시간 가까이 발을 동동이다가 겨우 검사를 받았다. 검사 결과는 다음 날 전화로 연락을 준다. 집으로 가는 발걸음이 천근같이 무겁다. 두 해 가까이 구세주인 양 입과 코를 가려왔던 마스크를 다시 꽁꽁 귓바퀴에 동여맸다. 석양에 붉은 노을이 한층 비장해 보인다.

나는 집 현관에 들어서자 조마조마하게 불안해하는 아내를 가까이 못 오게 손짓으로 물리고, 문 앞에 놓고 간 밥상을 방 안으로 끌어들인다. 모래알 같은 밥 톨, 쓰기만 한 반찬들, 방안인데도 으스스 스며드는 오한과 함께 절망으로 이어진 자괴감이 뱀의 대가리처럼 치켜든다.

다음날, 나는 죽음의 선고 같은 양성 판정의 통보를 받으면서 엄중한 통제에 묶인 확진자의 몸이 되었다. 기저질환이 있는 제어미를 걱정하는 아들과 의논 끝에 생활치료센터로 옮기기로 했다. 지역보건소의 지시에 따라 내 방에서 갇혀 지낸 지 이틀 만에 간단한 속옷 몇 가지와 생활 도구들을 챙겨 들고 병원차에 올랐다. 동승한 네 사람의 확진자는 모두 이 삼십 대쯤 돼 보이는 젊은이들이다. 모두가 하나같이 눈을 힘없이 내리깔고 겁에 질린 초췌한 모습들이다.

차가 도착한 곳은 도심 한복판에 있는 어느 비즈니스호텔이었다. 집 가까이 살면서도 여태 한번도 본 적이 없는 생소한 건물이다. 호텔을 개조해서 한쪽은 호텔 영업으로, 나머지는 생활치료센터로 사용하고 있었다. 관리인이 신원을 확인한 후 욕실이 딸린 방 한 칸과 별도의 침구와 소독약 체온계 등 생활용품이 담긴 커다란 비닐 주머니 하나씩을 주었다. 비록 격리를 했다지만 전염성이 강한 질병을 가진 환자를 번화한 도심의 가운데에 수용하는 것이 무척 불안한지 관리자들의 확진자에 대한 통제는 매우 엄격했다.

첫날 저녁, 저녁 식사로 도시락과 생수 한 병을 받았다. 편의점에서 판매되는 간편식이면 어떤가. 집을 나올 때, 아내의 간곡한 당부가 생각났다. "여보, 입맛이 없어도 억지로라도 먹어야 해요." 아내의 말대로 살아남기 위해선 뭐든지 먹어야 했다. 삶의 욕망이 염치없이 몸속에서 꿈틀거리고 있었다.

외부와의 통로라고는 오직 복도로 통하는 출입문 하나가 전부였다. 출입문은 엄격히 통제되어 입소자들은 절대로 복도에 나와서 안 된다는 통제구역이었다. '이 구역을 벗어나면 감염병 예방법 몇 조 몇 항에 의하여 몇백만 원의 벌금에 처한다.'는 법조 문구는 하루에 수없이 구내 방송을 통해 왕왕 울려댔다.

모든 진료나 상담은 비대면이었다. 구내전화로 매일 병세를 묻는 의사나 간호사에게 증상과 체온을 알려주면 그것으로 끝이었다. 증세가 중증이면 또 다른 처방이 취해지겠지만 처방 약이라고는 감기약이나 진통제가 전부였다.

출입문은 쓰레기통을 비우거나 하루에 세 번, 복도의 자기 방 출입문 앞에 배달된 도시락을 가져올 일이 아니면 열 일이 없었다. 그것도 마치 도둑고양이가 먹이를 채가듯 문틈으로 밖을 살피다가 잽싸게 도시락을 챙겨가는 행동은 비단 나만이 아닌 입소자 대부분의 공통된 행동이었다. 여태 경험하지 못한 사람의 한 면을 보는 듯했다. 인간에게 숨겨진 동물적 감각, 아니면 감염된 환자라는 오명을 숨기려는 인간의 본능이 자기도 모르는 사이에 표출된 것이 아닐까.

방에 뚫린 유일한 창문은 겨우 한 뼘쯤만 열린다. 열려 있어도 옆 건물의 콘크리트 벽에 막혀 손바닥만 한 하늘조차 바라볼 수 없다. 간혹 열린 창문으로 싱그럽게 불어오는 바람과 문명이 주고 간 손전화만이 그의 답답한 가슴을 달래주는 유일한 위안거리였다.

이튿날 아침, 아내에게서 걸려 온 전화 한 통은 나를 또 한 번 깊은 나락에 빠뜨린다. 자고 나니 머리가 아프고 기침이 난다고 했다. '결국 올 것이 왔구나!' 가슴이 철렁 내려앉는다. 내가 동네 병원에서 신속항원검사를 받을 때까지 아내의 검사 결과는 음성이었다. 이틀을 내 방에 있는 동안 나의 바이러스는 알게 모르게 아내의 몸속으로 스며든 것이 아닌가. '내가 아내의 몸속에 바이러스를 옮겨 놨구나!'

예상대로 아내의 검사 결과가 양성이라고 했다. 오만가지 상상이 필름처럼 돌아가고, 회한과 자책감이 온몸을 덮쳐왔다. 배달된 도시락을 절반도 못 먹고 쓰레기통에 쑤셔 넣고는 소독약을 확확 뿌렸다. 읽으려고 가지고 온 책은 열 페이지도 못 넘기고 책장을 덮었다. 내가 여기서 할 수 있는 일은 아무것도 없었다. 마음속으로 끙끙 앓기만 했다. 생수만 벌컥벌컥 들이마셨다.

나의 닷새 동안은 답답하고 지루한 하루들이었다. 그동안 열도 내리고 기침도 그쳤지만 한 끼의 끼니라고는 도시락의 절반도 먹지 못했다. 머릿속은 온통 집에 혼자 있는 아내로 가득 찼다. 혼자서 어떻게 하며 집에 있는지. 궁금증이 불안으로 번져갔다.

입소한 지 닷새 만에 퇴소 결정이 났다. 죽지 않고 살아서 돌아가는 기쁨이 한량없다지만, 기쁨은 고사하고 마음 놓고 집으로 돌아갈 수 없는 노릇이 아닌가. 양성 판정을 받은 아내는 집에서 하루를 더 보내야 했다. 집에 돌아가지 못한 나는 집과 가까운 호텔에 방을 잡았다. 이틀 사이에 두 사람의 신세가 거꾸로 바뀌었다. 집을 나온 지 이틀, 그리고 닷새만이었다. 높은 호텔 창문으로 멀리 집이 보였다. 뽀얀 안개가 집을 통째로 감싸 안았다. 안개 사이로 아내의 조그마한 얼굴이 얼핏 보였다 사라졌다.

김장하는 날

'**아**, 맛있는 이 냄새!'

작년에 일곱 살이던 녀석이 김치통에 코를 박고 킁킁거리며 냄새를 맡았다. 미처 곰삭기도 전에 갓 담은 김치에 무슨 유별난 냄새가 날까마는 제법 이력이 붙은 미식가처럼 제 할미가 김장을 하여 택배로 보낸 김치통 뚜껑을 열어 놓고 하는 말이다. 이 녀석의 김치 사랑은 특별하다. 집에서도 김치 하나로 밥 한 그릇을 다 비운다. 학교 선생님 말씀으로는 점심때 다른 아이가 먹다 남은 김치까지 먹어 치우는 김치 마니아라 한다. 이제 보니, 제 할아비도 밥상에 김치 없으면 젓가락도 들지 않는다. 같은 핏줄끼리는 이래서 남과 다른가.

오늘은 할미가 김장을 하는 날이다. 김장은 예로부터 제철에 이웃이든 친척이든 여럿이 함께하는 연례 행사로 치른다. 비록 피붙이는 뿔뿔이 다 떠난 집안에 사람이라곤 늙은 할미와 할아비뿐이다. 둘이만이라도 알콩달콩 도와가며 김장을 하면 얼마나 좋으랴마는, 무엇으로 삐쳤는지 할미는 어제부터 혼자 할 수 있다고 괜한 객기를 부린다. 할아비는 속으로 '그래, 어디 한번 해 보라지.'

홧김에 외출을 할까 하고 마음을 먹다가 엉거주춤 망설여지는 건 무슨 조화인가. 현관을 벗어나기도 전에 도와주지 않는다고 온갖 지청구를 듣거나 며칠 동안 토라져서 투덜댈 심통이야 불을 보듯 뻔해서 슬그머니 꼬리를 내린다. 김장을 해 놓으면 거의 할아비의 혼자 입에서 거덜이 날 텐데, 일 년에 한 번밖에 없는 집안 대사를 할미 혼자에게만 맡기고 꽁무니를 빼기로는 닥쳐올 후환을 감당하기에 아무래도 마음이 켕기는 것이다.

작년 김장은 생전 처음으로 절인 배추를 사서 담다가 배추가 나빠 한해 김장의 반쯤을 망쳐 놓았다. 배추 주인이 미안하다며 애걸복걸 비는 통에 내년에 보상받기로 약속하고 유야무야됐던 것이다. 망친 배추가 보기는 뭣해도 김장을 해 놓고 보니 그럭저럭 먹을 만했다. 어제, 절인 배추가 택배로 보내왔을 때 작년 약속대로 한 푼도 안 받겠다는 배춧값을 반이라도 받아야 한다며 억지로 송금해 준 것은 할미다운 잘한 일 같다.

오늘 할미는 거실 바닥에 버티고 앉은 채 아무래도 할아비를 수족처럼 부릴 속셈이 눈에 보이듯 뻔하다. 김장이 끝날 때까지 할아비가 해야 할 일을 미리 조목조목 일러 준다. 절인 배추 버무릴 김치 속, 나중에 배추 속에 박을 조기 새끼 생굴 등을 마치 악단의 멤버가 드럼 심벌즈를 두드리듯 허리를 굽히지 않고 꼿꼿하게 앉은 채로 손을 뻗어 닿을 수 있는 영역까지 대령시킨다. 할미의 치밀한 속셈에 어안조차 벙벙해진 할아비는 시키는 일을 한 가지씩 할 때마다 눈치부터 살핀다.

결국 일이 터진다. 소쿠리에 담아둔 배추를 한쪽으로만 덜어내서 버무리다 보니 중심을 잃은 소쿠리가 반대쪽으로 기우는 바람에 소쿠리 밑에 받쳐놓은 물받이 그릇이 엎어지면서 소금물이 난장판이다. 신문지를 깔아 놓았던 거실 바닥이 질퍽한 갯가가 되었다. '에구, 내가 그런 줄 알았다니까!' 할미의 눈동자가 희번덕거린다. '뭘, 내 잘못인가. 제가 잘못 해놓고선. 뭐든 잘못은 모두 내 탓인가.' 그 바람에 할아비의 양말은 흠뻑 젖고 속옷마저 소금물로 질펀하다.

할아비가 다니던 회사에서는 한 해에 김장을 수천 포기씩 한다. 어떤 해는 거의 만 포기에 가깝다. 배추는 인근에서 밭떼기로 사오고 모자라면 강원도까지 사서 날랐다. 김치는 다음 해 여름까지 묵은지가 되어 손님들의 밥상에 오르기도 하지만, 이백여 명이 넘는 직원들의 급식용으로 한 해 내내 요긴하게 쓰인다. 김장 창고가 자동 냉장 시설로 그 규모가 제법 큼지막하다. 김장에 드는 양념 한 가지라도 소홀할 수 없는 상황이라 머나먼 생산지나 유명한 시장터를 훑어서 사 왔다.

김장 작업을 시작하면 회사의 이십여 명 주방 직원들은 위생모자 비닐 치마 고무장갑 장화로 완전 무장을 하고 비상 작업에 돌입한다. 하루 전에 주차장에 합판과 비닐로 짜 놓은 절임 통에 배추를 넣고 소금을 뿌려 밤새 절인다. 이튿날, 물에 씻어 건져낸 배추는 긴 탁자 위에 올려놓고 준비한 김치 속을 우벼 넣어가며 버무리기 시작한다. 모두가 노련한 전문가들의 솜씨다. 왁자지껄

한 사람들의 웃음소리조차 양념이 되고, 더불어 노란 배춧잎과 흰 줄기는 붉게 물들며 김치가 되어 간다. 푸르도록 시린 겨울 햇살이 서쪽 하늘에 한 움큼쯤 남을 때면, 뱃가죽이 허영해진 사람들은 돼지 속대쌈에 소주 몇 잔으로 지친 기운을 돋운다. 김이 무럭무럭 나는 돼지 수육에 둘둘 말은 김장김치의 그 훈감한 맛이라니. 모두 어울려 먹는 그 맛은 여태 사라지지 않고 남아서 머릿속에 맴돈다.

할아비는 제일 먼저 버무린 김치 한 박스를 캐리어에 싣고 우체국에 간다. 길거리 모퉁이에서는 무거운 김치 무게로 정성 들인 포장 박스를 몇 번이나 곤두박아 마음이 아프다. 올해로 여덟 살이 된 녀석에게 먹일 김치가 아닌가. 작년 그때처럼 택배 박스를 열어 놓고 코를 벌렁거리며 탄성을 지르는 모습이 눈으로 본 듯 선하다.

언젠가 제 어미가 학교에 가서 담임선생을 만났더니, 선생님 말씀이 혹시 할아버지가 작가냐고 물어서 왜 그러냐고 되물었다. 녀석이 평소에 글짓기를 잘해서 칭찬을 해 주자, 우리 할아버지가 시인이고 수필가라며 어깨를 으쓱대며 자랑을 하더란다. 어미가 녀석의 말이 맞다 했더니 선생님 눈이 동그래지면서 그렇구나 하며 고개를 끄덕였다 한다.

'그래, 역시 핏줄은 못 속인다니까.'

택배를 부치고 바로 집으로 오다가 좁은 시장길로 접어든다. 저만치 눈에 익은 돼지국밥집이 보인다. 돼지 수육을 사서 포장을 해 달랬더니 '김장을 하나 보네요.' 주인의 눈치가 귀신같다. 빈 캐리어를 끌고 오면서 한 손에 든 수육 비닐봉지가 흔들흔들 한결 흥겨워 보인다. 집에 들어서자 사 가지고 온 수육 접시를 할미 코앞에 불쑥 내민다. 자글자글한 할미 얼굴이 활짝 핀 함박꽃이다. 수육 한 점에 배추김치를 둘둘 말더니, 제 입에 넣지 않고 할아비 입에 쏘옥 들이미는 것이었다. 갑자기 할아비 얼굴에 보름달이 환하게 떴다.

빵상 후기

아무튼 지금까지는 요지부동이다. 작년 가을 초입 어느 날 아침, 아내가 느닷없이 하루에 한 끼쯤은 산뜻한 서양 조식으로 바꿔야겠다는 단호한 선언을 하였다. 우리 집의 아침 밥상은 아내의 말 한마디로 반세기의 유유한 전통이 어이없게도 더는 잇지 못하고 일패도지—敗塗地되었다. 밥상 대신에 보기에도 까칠하게 차려놓은 빵상床을 보면서 '겨울쯤 되면 마음이 바뀔 것이다.'라는 나의 기대가 헛물만 켜고, 다시 '봄이 되면 마음이 변하겠지.' 하고 실낱같은 미련을 두었지만, 그 미련마저 한참을 벗어나서 이제는 한 가닥 희망조차 봄날 아지랑이처럼 사라져버렸다. 겨울이 가고, 봄이 지나고 계절이 바뀌어 다시 여름의 가운데 서니 어느덧 가을이 눈앞에 빤히 보이기 시작한다. 벌써 빵상에게 참사를 당한 아침 밥상의 일주기가 한 걸음 한 걸음 눈앞에 다가오고 있다.

그동안 아내식 서양 조식의 수많은 곡절은 알게 모르게 나의 일상에 먹물처럼 스며들어 야금야금 또 하나의 다른 풍경들을 만들어 가고 있었다. 소소한 것은 제쳐두고라도 이틀에 한 번씩 어김없이 사방의 방문을 활짝 열고 청소기를 돌리면 나는 뒤따라 물걸레질을 해야 하는 것은 기본이고 설거지, 빨래 널고 걷기, 쓰레기 분리수거에 욕실 청소까지 하면서 근로봉사를 해야만 그나마 제대로 편한 빵상이나 밥상을 받을 수 있었다. 나도 모르게 빵상머리에서 말랑말랑하고 야들야들하게 포장한 기만전술에 말려들어 항상 밑지는 장사꾼이 되고 있었다.

그동안 빵상은 빈틈없이 이어 나갔다. 기껏해야 입맛이 없다 하여 사나흘쯤 전복죽이나 녹두죽에 두어 번 기회를 양보했을 뿐 아내의 초심은 도루묵이 되기는커녕 날이 갈수록 자리를 공고히 다져나갔다. 어쩌다 빵상 머리에서 아침 밥상 이야기를 슬쩍 비춰보면 천만의 말씀 만만의 콩떡이다.

시내 빵집에서 구하기 힘든 호밀 바게트빵은 비싼 값으로 여전히 백화점 매장에서 사 오고, 손수 만든 딸기잼이 바닥을 보이자 비장해 놓았던 무화과잼의 뚜껑을 열었다. 재작년에 해남에 사는 지인이 선물로 보내준 무화과 한 상자가 홀연 자취를 감추더니 잼으로 둔갑해서 나타난 것이다. 미나리 같은 셀러리, 어쩌다 한 번씩 값비싼 아보카도가 얼굴을 내민다. 색깔이 설익은 듯 보여도 맛이 짭짤한 짭잘이나 홍시처럼 물렁하고 발갛게 익은 토마토는 번갈아 가며 한 번도 빠지지 않고 발사믹 소스를 뿌린 채 접시에 담겨 빵상에 오른다.

조금 익힌 달걀은 처음부터 지금까지 변함없이 출근부에 도장을 찍지만 요즘은 워낙 몸값이 뛰어 아내의 골칫거리가 되었다.

수프는 인스턴트 제품을 사기 위해서 무작정 신용카드를 긁지 않을 것이라는 짐작대로 인스턴트 수프 대신에 수제 단호박 수프로 바꿨다. TV에서 어느 원로 여배우의 요리 프로에서 배운 솜씨다. 단호박과 당근을 푹 삶아 잣과 함께 믹서에 간다. 불에 다시 끓이고 먹을 때 올리브기름 몇 방울 떨어뜨리면 맛이 제법이고 적당한 포만감까지 있어 빵상 메뉴 중 단연 으뜸이다. 수입품이 많아 흔해진 단호박은 가격이 생각보다 헐하고 만들기도 수월해서 아내의 요리 기호에 '딱' 들어맞을 줄 미리 알았다. 그러나 국산 잣값으로 지갑에서 푸른 이파리 두어 장 빼내주면 어른 주먹보다 작은 잣 봉지가 고작이다. 시장에 갔다 와서는 끙끙 앓는 소리를 낸다.

가끔씩 수프 대신에 스튜가 올라온다. 감자, 당근, 버섯, 브로콜리, 마늘, 토마토 등을 섞어 뭉근하게 삶아 낸다. 어쩌다 소고기나 닭가슴살이 들기도 한다. 가끔은 밤늦은 굴품한 시간에 와인 한잔의 술안주가 되기도 하고 심심풀이 땅콩처럼 간식거리가 되어 입을 즐겁게 한다. 나이 탓인지 언제부턴가 푹 삶아 부드러운 스튜 같은 음식이 당긴다.

미스터 트롯이나 뽕숭아 학당에 필이 꽂힌 아내는 요리 실습을 까맣게 잊은 줄 알았다. 한 번씩 인터넷으로 요리를 검색하여 평생에 듣지도 보지도 못한 요리를 만들어 맛보게 한다. 조그맣고 하얀 손에서 조물조물 만들어 낸 음식들은 주위 사람들에게서 손맛이 제법 옹골차다는 소문이었는데, 이 아침을 위하여 알뜰하게 챙긴 걸 보면 그냥 맹탕 수준은 아닌가 싶다. 손주 녀석들도 빵식을 마다 않고 즐겨 먹고 며느리조차 덩달아 축하한다는 의미로 멀쩡한 커피머신을 버리고 새것으로 바꿔 놓았다.

빵상으로 사고를 친 아내 덕분에 시골 초가집을 떠난 도시의 아파트의 사람살이가 나름으로 편리하고 쏠쏠한 재미도 있어 애초의 걱정이 괜한 기우라는 것을 알게 되었다. 잠깐만 동참해주자는 당초의 마음에 슬슬 금이 가기 시작했다. 처음의 실금이 점차 엉그름처럼 넓게 변해갔다. 왕배야덕배야 하는 미닥질도 서서히 사라지고 있었다. 그렇지만 불안은 언제나 꼬리를 무는 법. 빵상이 아침 밥상 자리에 알박기를 하고 나니 행여나 점심이나 저녁까지도 영역 확장을 하겠다고 억지를 부릴지 모른다는 걱정이 고개를 든다. 이러다가는 귀촌하여 다시 시골 초가집에서 조선 선비처럼 살아 볼 거라는 아침 밥상의 꿈은 영영 물 건너갔구나 싶다.

그곳에는 묵향이 흐르네

족히 40년쯤은 되어 보이는 낡은 건물이다. 4층 건물은 대로변 앞면에 붉은 타일을 붙였지만 건물 자체가 오래되어서인지 검붉게 변색되어 더 우중충해 보인다. 현관은 아침마다 광고 명함이 흩어져 어지럽다. 그래도 지나가던 사람들이 가끔씩 열려진 문안에 들어와 담배를 피우거나 내밀한 전화를 주고받기도 하고, 여름에는 뜨거운 햇빛을 피해 잠시 머물다 가기도 한다.

　3층에 자리 잡은 서예학원으로 오르내리는 계단은 수많은 사람의 신발로 턱이 닳아 윤이 나서 반들거리고 미끄럽기 조차하다. 문 입구 벽에 '채바다' 선생의 시 〈가슴에 피는 꽃〉 한 구절이 쓰여진 족자가 걸려 있어, 이곳이 서예학원임을 말해 준다. 서실에는 낮인데도 천장의 형광등 불빛이 실내를 밝히고 있지만 아무래도 어둡다는 느낌을 지울 수 없는 것은 검은색 먹물이 상징하는 잠재된 느낌 때문이 아닌가 싶다. 곳곳에 주렁주렁 매달린 붓, 한쪽 벽면 서가에 빼곡히 꽂힌 서적들, 책상마다 검게 찌들은 깔판 위에 쌓인 검은 벼루 등이 서실의 분위기를 말해 주고 있다. 건물 전체가 낡은 만큼 서실의 내부는 어느 것 하나 산뜻하게 보이는 것이 눈을 씻고 봐도 없다. 분위기만큼 겨울에도 찬물로 먹믈에 담긴 붓을 씻어야 하고 녹슨 전기난로로 한파를 견뎌야 한다. 여름에는 몇십 년은 됨직한 구식 에어컨으로 더위를 지난다.

학원이 이 건물에 세입자가 된 지 올해로 35년이 된다. 그 오랜 세월 동안 이곳의 터줏대감이 되어 자리를 굳게 잡고 앉았다. 지나간 세월 동안 얼마나 많은 선화지가 붓끝에서 버려지고 얼마나 많은 먹들이 벼루에 갈려 사라졌을까. 사라진 먹만큼 짙은 묵향이 되어 서실 곳곳에 유현幽玄의 세계를 이루었을 것이다. 수많은 묵객이 이곳을 거쳐 갔고 아직까지도 처음 개원할 때의 원생들이 변함없이 묵연墨緣을 이어 가고 있는 것을 보면 궁구한 세계의 깊이를 실감하게 한다. 지금도 대부분의 원생들이 스스로 벼루에 먹을 갈며 10~20년의 연륜을 벽돌처럼 쌓아가고 있어, 이제 겨우 3년을 넘긴 나 같은 새내기는 명함도 꺼내지 못한다. 그래도 한 획 한 획에 열중하다 보면 어느새 하루가 지나가고 한 달이 일 년을 넘나들었다.

무엇이 이들을 이토록 오래 붙들어 놓고 있을까. 덕지덕지 세월의 때가 묻은 이 서실은 원생들의 가슴에 무엇으로 자리 잡고 있는가. 마치 깊은 산속에 뿌리를 깊게 내리고 청청한 잎을 자랑하는 소나무 같다. 비바람에도 흔들리지 않는 인연이 예사로워 보이지 않는다. 졸작 시 한 수를 옮긴다.

'더덕더덕 때 묻고 낡은/ 오랜 연륜이 켜켜이 쌓인 공간/ 밤낮으로 묵향이 가득하여/ 사람마다/ 더없이 맑아 보이는/ 눈빛들이 형형하고/ 백설이 분분한/ 학의 춤사위가 아름답다// 지울 수 없는 무게를 더한/ 깊고 넓은 강물은 소리가 없다.'

- 〈서실에서〉 중에서

원장은 고향에서 유년 시절부터 서예를 익혔고 서예 말고는 다른 직업을 가진 일이 없다 한다. 사람이 평생을 살다 보면 스스로 생활의 면면을 바꿔 나가기도 하고 타의에 의해서 부득이 바뀌기도 하겠지만, 인생의 모두를 한결같이 외길에만 천착하는 집념이 존경스럽다. 벌써 고희를 넘긴 나이지만 금주, 금연은 물론이고 평소 절제된 몸가짐으로 아직까지 꽃 할배처럼 젊어 보인다. 원장의 출근 시간은 오전 9시 이전부터 시작하여 저녁 마지막 원생이 문을 나갈 때까지이다. 종일 서실에서 머물고 자리를 지킨다. 간혹 외출을 하더라도 오랫동안 밖에서 머물지 않는다. 오직 원생의 지도에 전념한다. 한 사람 한 사람 매일 빠지지 않고 체본體本을 써서 익히게 하고 습작 결과를 주묵朱墨으로 적시한다. 한문의 해서, 행서, 예서, 초서를 막론하고, 한글은 한글대로 글체를 가리지 않는다. 특히 한글은 자기체를 독창적으로 개발하여 전시회를 개최하는 등 열정을 보이기도 한다. 각종 대회 때마다 원생들의 작품이 최소한 서너 편씩 수상하는 성과를 보이는 것은 너무나 당연한 결과가 아닌가. 그래서인지 공모전이나 전시회가 가까워오면 서실에는 빈자리가 없다. 원장은 책상마다 불려 다니고 가는 곳마다 경각을 일깨우는 죽비竹篦가 된소리를 낸다. 마치고 나면 책거리 떡이 풍성하고 붕어빵이 책상 위에서 퍼덕인다.

성실하고 참된 사람은 가식이 없다. 솔직하고 담백하다. 자신의 모습에 당당한 사람은 항상 자유롭고 인생을 사랑한다. 자기의 재주를 같이 나누고 그것을 즐거움으로 삼는다고 한다.

여기 평생을 한 길로 가는 사람이 있다. 그는 오늘도 변함없이 묵향을 풍기며 자신의 서실을 지킨다.

사라지는 것들

어린이 놀이터 한쪽에 자목련 한 그루가 서 있다. 올해도 굵고 튼실한 꽃이 피어 차들이 쌩쌩 달리는 삭막한 길거리에서 아이들의 놀이기구와 어른들의 그늘막에 잘 어울려 지나가는 사람들에게 싱그러운 인상을 남겨준다. 놀이터는 겨울 동안 어른들이나 아이들이 코짝도 보이지 않았는데 봄볕 따라 꽃이 피고 겨우내 묵은 것들이 한 겹 두 겹 껍데기를 벗으면서 한 사람 두 사람 모여들기 시작한다. 아이들은 미끄럼을 타고 어른들은 자목련 꽃 그늘 밑에서 지난 이야기보따리들을 풀어 놓는다. 하루하루가 쉼 없이 바뀌면서 계절도 머물지 않고 흘러가는가 보다.

몇 해 전만 하더라도 건널목을 끼고 자리 잡은 15층 아파트 집에서 창문을 열면 눈앞에는 멀리 푸른 하늘이 그림처럼 펼쳐져 있었고, 그 아래 동서고가도로에는 길을 가득 메운 각색의 차들이 줄을 이어 장난감처럼 고물고물 기어갔다. 햇빛은 아침부터 베란다에서 눈부시게 빛났고 한낮이 한참 기울여서야 햇살을 거두었다. 건너 보이는 초등학교 운동장에 아이들이 즐겁게 뛰어놀고 있는 모습은 한 폭의 아름다운 그림이었다. 창밖의 모든 것이 장난감을 가지고 즐거워하는 아이들처럼 알 수 없는 따사로움이 가슴 한구석에 안개처럼 스며들면서 정신 나간 듯 바라보기 일쑤였다. 그것은 나에겐 위안이었고 나만의 행복이었다.

그러나 안타깝게도 그 눈부신 햇살도 평화롭게 뛰놀던 아이들의 모습도 오래가지 못했다. 어느새 우리 집 앞에 15층의 오피스텔 새 건물이 들어서 창문 앞을 막아서더니 잇달아 여기저기서 공사용 타워 크레인이 하늘 높이 솟아올랐고 육중해 보이는 건축 자재들이 줄에 매달려 공중 곡예사처럼 움직이고 있었다. 35층의 신축 아파트가 재개발 재건축이라는 이름으로 우리 집을 에워싸고 괴물처럼 다가오기 시작했다. 지은 지 30년이 훌쩍 넘긴 15층짜리 아파트 입주민들은 아우성을 쳤지만 아무 소용이 없었다. 하루가 다르게 높아만 가는 괴물이 조망을 가로막아 푸른 하늘 아래 펼쳐졌던 나의 위안과 행복을 시야에서 무참하게 지워 놓았다. 바다 건너 수만 리를 날아 온 매연과 미세먼지에다 공사장의 소음과 시도 때도 없이 들락거리는 공사용 차량들로 집 주위는 온통 북새통이 되었다. 도로의 아스팔트가 파헤쳐지고 인도는 이리저리 차단되어 현장 인부들의 안내를 받고 숨바꼭질하듯 다녀야 했다. 수도권의 재개발 재건축 붐이 우리 아파트까지 밀려와 입주민들의 욕망에 불을 지피기 시작했다.

어느 날, 엘리베이터 벽에 재건축 찬반을 묻는 설문조사 광고가 붙었다. 이미 입주민 대부분이 찬성란에 사인을 해 놓았고 전세 들어 사는 몇 사람을 제외하고는 반대한 주민은 거의 없었다. 작년 봄에만 하더라도 재건축을 하자고 집집마다 찾아다니며 설득을 했지만 완강하게 뿌리쳤던 대다수 주민들이 올해 들어 속절없이 무너진 걸 보면 눈앞에 쏟아지는 변화나 서울처럼 하루가 멀다 하고 뛰어오르는 아파트 시세의 달콤한 유혹에 빠져들기는 너무나 당연한 일이다. 완고하게 굳었던 마음들이 어느 날 갑자기 변신을 시작한 것이다.

하늘이 맑으면 맑은 대로 비가 오면 비 오는 대로 사계절 어느 때나 내 것이라고 생각한 것들이 어느 사이에 하나둘 자취를 감추었다. 그 자리에는 어김없이 각진 회색빛 콘크리트가 거대한 장벽이 되어 하늘 높이 막아섰고 푸른 하늘을 종이접기 하듯 꼬깃꼬깃 접어놓는다. 모난 하늘은 밤낮으로 넝마처럼 기워져 빌딩 끝에 매달려 있다. 달도 빌딩 뒤에 숨고 별빛도 사라져 슬픔과 아쉬움만 남는다. 어찌 사라지는 것이 이것뿐이랴. 보이지 않는 것도 사라지고 보이는 것도 부서지고 소멸되어 흔적을 찾아볼 수 없다. 스스로 사라지는 것이 아니라 우리가 버려서 없어진 것이 너무 많다. 사라지는 것들에 대한 그리움이 가슴에 차고 넘친다.

때가 되면 나도 여기를 떠나야 할 것이다. 살아온 날보다 앞으로 살아갈 날이 턱없이 모자라는데 얼마나 긴 세월이 흘러야 새로 지은 집에 들어와 살 수 있을지 알 수 없다. 재건축을 하는데 5년이 걸린다면 1,825일의 아득한 하루하루를 보내야 한다. 전세를 얻어가든 집을 사서 가든 언젠가는 이곳을 떠나게 될 것이다. 이참에 염치없이 내미는 탐욕의 언저리를 박차고 팍팍한 도시에서 벗어났으면 좋겠다. 사라지지 않고 밤하늘을 수놓는 거대한 은하수를 바라볼 수 있는 곳, 드므에도 푸른 달이 뜨는 그런 곳에서 살았으면 좋겠다. 일상을 각다분하게 엮어가는 도시를 벗어나 꼭꼭 묶어둔 보자기를 풀 듯 그렇게 심신을 풀어놓고 살고 싶다.

어느 가문의 이야기

방안은 한동안 침묵으로 무겁게 가라앉아 있었다. 고향에서 온 두 분 당숙 어른과 촌수가 어느 쯤인지 모를 문중 사람, 그리고 어머니, 언니, 그녀까지 둘러앉은 방안은 밝은 불빛에도 어둡고 무거운 그림자가 드리워 있었다. 이 분위기 속에서 무슨 말을 해야 할지 아무도 용기를 내지 못했다. 이제 자기로서는 한 가문의 보잘것없는 아녀자에 불과한 위치지만 말의 물꼬는 터놓아야 한다고 생각했다. 오늘의 모임은 결국 그녀 자신이 매듭을 풀고 다시 매어야 한다고 이미 작정한 것이 아닌가. "당숙 어른, 송구스럽지만 엄마 대신 제가 말씀을 드려야겠습니다." 하고 진중하게 첫 마디 운을 뗐다. 그녀의 목소리는 차분했다. 오랫동안 눌러왔던 돌덩이를 걷어내듯 흔들림 없이 또박또박 말을 이어 나갔다.

"아버지는 평소에 어머니와 저희들에게 당신이 가시고 난 후 절대로 양자를 들이지 말라는 유지를 남겼습니다. 아버지 생전에 이미 대충의 눈치는 챘을 것이라 믿습니다. 구구한 사연은 저가 태어나기 전부터 연유된 일들이라 저는 잘 모릅니다. 가문이 대를 잇는 것도 소중한 일이기는 하나, 설사 저희들이 아버지의 말씀을 거역하고 양자를 들인다면 조그만 논밭 때기나 집이라도 챙겨 줘야 조상의 봉제사라도 할 수 있는데, 아버지의 유산이라곤 이 집 하나 달랑 남았습니다. 이 집 또한 조상으로부터 물려받은 유산이 아니고 아버지가 손수 노동으로 벌어서 마련한 재산입니다. 이 집마저 내놓게 되면 어머니나 언니 가족이 살 곳이 없습니다. 그래서 더더욱 어른들 말씀을 들어드릴 수가 없습니다." 그녀는 가만히 한숨을 쉬었다. 그리고는 다시 말을 이어갔다. "어머니는 종부로서 혼자서 일 년에 아홉 번의 봉제사를 군말 없이 이어왔습니다. 이제 더는 버틸 수가 없습니다. 그러니 저희들이 모시던 제사를 원하시는 대로 가져가시기 바랍니다. 그래도 남은 조상의 위패가 있다면 제가 절에 모시도록 하겠습니다." 그녀의 한 마디 한 마디는 얼음장처럼 냉철하고 단호했다.

그녀의 증조부는 조선의 국운이 다할 때쯤에 종이품從二品 관찰사 벼슬을 지냈다. 관직을 가졌을 때는 지금의 서울에서 살았으나 모든 것을 내려놓은 다음에는 경상도로 낙향하여 어느 한 고을에 터를 잡았다. 가산을 풀어 산을 사고 논밭도 사들여 고을에서 남의 땅을 밟지 않을 만큼 기세 높은 세도가로 인근 사람들로부터 흠선을 받았다. 몇 년 후 증조부가 세상을 떠나자 장손인 그녀의 할아버지는 어릴 때부터 양반 자제로서 귀하게만 자란 탓인지 인품과 재능이 선친에 비해 한참 모자랐다. 집안일은 멀리하고 풍류랍시고 기방의 향응에 빠져들어 흔전만전하며 세월을 보냈다. 증조할아버지에게 물려받은 백마를 타고 고을을 거들먹거리며 다녔다. 그러고도 모자라 마작麻雀 노름에까지 깊이 빠져들었다.

무위한 나날이 이어지면서 기생의 장고 소리는 높아지고, 마작패가 쌓일 때마다 가졌던 산과 논밭도 알게 모르게 주인이 바뀌고 있었다. 물려받은 재산은 점차 낙엽처럼 흩어져 사라졌다. 점입가경으로 자기를 수발한다며 집안에 작은댁을 들이니 방탕은 극에 달했다.

무슨 조짐인지 할아버지가 타고 다니던 백마가 밤사이에 까닭없이 죽었다. 백마가 죽고 나서부터 집안에 흉사가 끊임없이 일어났다는 이야기는 그녀가 어른이 되어서야 어머니로부터 들었다. 어느 날 안채에서 할머니가 소복을 한 채 주검으로 발견되었다. 서울의 양반댁 규수로 시집와서 한 가문의 종부로서 성품이 꼿꼿하고 엄격하기가 대쪽 같았다 한다. 할머니는 명주 수건으로 대들보에 스스로 목을 매달아 세상을 하직했다. 종가의 버팀목인 종부가 비명에 죽자, 흉흉한 소문은 고을을 덮었다. 연이은 흉사가 모두 아버지 탓이라며 가슴에 대못이 박힌 그녀의 아버지는 홀홀히 일본으로 떠났다. 그곳에서 하루하루를 벌어먹고 살면서 자기를 낳은 아버지를 증오했다.

해방이 되고 그가 고향으로 돌아왔을 땐 집안은 이미 손을 쓸수 없을 만큼 쑥대밭이 되어 있었다. 할아버지가 집안을 내팽개치고 미망에 허우적거리고 있을 동안, 땅문서를 관리하던 집사가 오랫동안 야금야금 재산을 빼돌린 것을 눈치챈 아버지는 소송을 하기도 하였으나 한 푼도 건지지 못했다. 얼마 후 할아버지마저 세상을 떠나고 할아버지가 아버지에게 남겨진 유산은 가문의 장손이라는 허울뿐인 무거운 짐이었다. 그러나 백마의 원죄怨罪가 아직 사라지지 않은 탓인지, 집안의 불행은 끝이 아니었다. 또 하나의 검은 구름이 곰비임비 덮쳐 올 줄은 누가 감히 상상이나 했을까.

그녀에게는 오빠가 한 명 있었다. 군대 소집영장이 발부되어 입대할 날짜가 가까이 다가오자, 어느 날 그는 방에서 차디찬 시체로 발견되었다. 그의 옆에는 농약병이 빈 채로 뒹굴었다.

하나뿐인 종손마저 참척慘慽하니 이제 모든 것은 되돌아올 수 없는 원점으로 회귀하고 있었다. 증조부가 낙향하여 가문을 꾸린 지 아직 백 년도 모자란 세월에 사대에 걸친 한 가문의 몰락은 뜬구름처럼 덧없었다. 인생의 조락이 이처럼 허망할 수 있을까. 한바탕 훑치고 지나간 바람으로 철저하게 쓰러져가는 집안을 보면서 양자를 두지 말라는 아버지의 유지는 할아버지에 대한 앙금으로 남기 시작할 때부터 씨앗이 되어 있었다. 그러고는 대를 이을 자식을 앞서 보내고 나서 이 종언의 씨앗은 서서히 싹을 틔운 것이다.

아버지는 술을 마셨다. 술만이 그를 위로했다. 됫병 소주로 사흘이고, 나흘이고 밤낮으로 마셨다. 술을 마실 동안에는 안주 한 젓가락, 밥알 한 톨도 입에 넣지 않고 곡기를 끊었다. 술을 마셔도 큰소리 한 번 지르는 일 없이 꼿꼿하게 앉아 마셨다. 그러고는 토하기 시작했다. 이마에 질펀하게 비지땀을 흘리면서 똥물까지 토해 올렸다. 그러다 지치면 앉았던 자리에서 쓰러져 그대로 깊은 잠에 빠져들었다. 그러다 사나흘쯤 지나면 언제 그랬냐는 듯 일어났다. 그리고는 술 마시는 동안에 입에도 대지 않던 음식들을 며칠을 굶은 앙갚음을 하듯 먹고 속을 채웠다. 머리를 다듬고 면도까지 한 후의 아버지는 부잣집 도련님답게 외모가 준수하고 귀태가 흘렀다. 그러다 생각이 떠오르듯 다시 술을 마시기 시작하면 달포씩을 두고 계속 반복했다. 가족들이 아무리 말려도 듣지 않았다. 그렇게 술을 마시면서도 몸이 견뎌내는 아버지를 보면서 어릴 때 할아버지와 할머니가 좋은 음식이나 보약을 많이 먹인 탓이라 생각했다.

따지고 보면, 어머니처럼 억울한 사람이 또 있겠는가. 돌아가신 할머니처럼 장죽 담뱃대를 두드리며 서슬 푸른 안방마님 한번 되어보지 못하고 오랜 세월을 종갓집 며느리로 남아 여태 부엌에서 제수 음식 기름 냄새만 맡고 살았다. 그뿐이랴, 멀쩡한 자식 하나까지 가슴에 묻었으니, 그 한은 어찌 다 감당할 것인지. 맺힌 한은 아버지만큼이나 컸을 것이다.

그녀가 첫아기를 낳아 안고 친정에 오던 날, 외손자를 품에 안은 아버지는 외손자의 고추를 만지며, "이제, 됐어. 됐어!" 하며 어린아이처럼 기뻐했다. 짧은 한마디지만, 마음속의 내밀한 속뜻을 어찌 모르랴. 그녀는 환하게 웃던 아버지를 기억한다.

방안에서 그녀의 말을 묵묵히 듣던 문중 어른들은 깊은 한숨을 쉬었다. 부정할 수 없는 과거와 참담한 현실만이 장내기처럼 남아 있었다. 가문을 잇기 위하여 양자를 들이자는 운을 떼고 난 후, 이제 다시 무슨 말을 더 보태고 뺄 수 있으랴. 입맛을 다시며 하직 인사를 하고 방문을 나서는 당숙 어른이 울먹이듯 던지는 한마디가 그녀의 고막을 울렸다.

"가문이 망했다! 가문이 망했어!"

그녀의 아버지는 세상을 떠나면서 할아버지에 대한 원혐怨嫌을 청산하기 위하여 양자를 들이지 말라는 한 마디를 비장의 무기로 빼 들었다. 몸을 던지는 회심의 일격은 섬광처럼 빛났다.

인간의 서사 그리고 서사의 기억
- 고양일 작가의 수필집 ≪빵상≫에 부쳐

김 정 화

문학평론가, 동의과학대학교 외래교수

1. 경험과 기억의 서사화

인간의 삶에서 의미를 구성해내려면 서사가 필요하다. 서사구조를 통한 이야기하기storytelling는 본질적으로 기억의 형식을 지닌다고 볼 수 있다. 기억하는 행위는 이미 일어난 어떤 사실을 보존하거나 저장한다는 의미이기보다 창조적이고 역동적인 성격을 지닌 재구성 작업을 뜻한다. 이러한 까닭에 기억의 서사가 문학 창작에서 중심적인 역할을 하는 것은 당연한 이치이다.

수필문학에 있어서 기억은 개인의 역사이며 스스로 자신을 어떻게 인식하는지에 대한 삶의 기록이다. '현재의 나'는 지나온 시간이 만들어 낸 인격체가 틀림없으므로 '과거의 나'를 소환하여 기억 저편에 있는 서사의 망각을 일깨운다. 그것은 세상과 소통하고자 하는 하나의 방식이며 수필의 기본 속성이기도 하다. 고양일 작가의 첫 수필집 ≪빵상≫에서도 경험의 서사를 재현하고 그 기억을 나누어 갖는 것을 전제로 서술되어졌다. 다만, 기억 속 신체적 정신적 물리적 흔적 등이 그의 수필에서 서사의 중심축이 되지만 '무엇을 기억하는가'가 아니라 '어떻게 기억하는가'로 그 초점이 옮겨진 것에 주목할 일이다.

작가는 산수傘壽가 되어서야 문학판에 발을 들여놓았다. 그가 언감생심 엄두도 내지 못한 문학과의 연결고리는 시 낭송부터 출발하여 2019년 ≪문예시대≫에 시로 등단, 이어 2021년에는 ≪수필과비평≫지에 당당히 수필가의 이름을 올렸다. 그러나 〈나의 문학 입문기〉에 소개되었듯이, 한때 신문기자가 되겠다는 청운의 꿈을 안고 상경한 적도 있으니 작가에게 문학은 이미 예견된 업보나 다름없다.

수필이 화해와 포용을 지향하는 문학임을 상기한다면 그의 온유한 성품과 고매한 인격과도 일치하는 장르라고 하겠다. ≪빵상≫의 45편에 나타난 서정적 언어와 감수성 넘치는 문장과 진중한 해석을 읽어 내려갈수록 그 점은 더욱 분명해진다. 그리하여 그의 표현대로 글을 짓는다는 것은 "집을 지을 터를 고르고, 기초를 다지며, 기둥을 세워서, 그 위에 대들보를 얹고, 마지막으로 지붕을 덮는 일련의 과정들이 마치 한 구절의 글을 짓는 것과 같은 것"이니 지극히 보람된 일이 아닐 수 없다.

≪빵상≫에서 펼쳐진 서사구조를 분석하면 대부분 인간의 서사로써 가족과 타인을 주축으로 한다. 사람과 사람 사이의 인연과 애정

과 그리움 등이 수필창작의 중요한 모티프가 되었다. 이 점을 염두에 두고 가족애와 타자애로 균형을 유지하여 미적구조를 살펴볼 필요가 있다.

2. 가족애를 향한 로드무비

가족은 인간 발달의 근원적인 집단이며, 가정은 개인의 유일한 위안처이자 최후의 근거지가 된다. 어떤 형태의 가족이든지 태어나면서 가족 구성원에 속하게 되고 양육과 사회화를 통하여 인격 형성이 이루어진다. 그 속에서 부모와 자녀 모두에게 최고의 가치를 지닌 정서로 가족애가 탄생되며 그 중심에 부부가 서게 된다.

≪빵상≫의 서사 역시 작가는 아내에 대한 담화를 기본 골격으로 내세운다. 표제작인 〈빵상〉은 제목부터 흥미롭다. '빵상'은 작가가 만든 위트 있는 단어로써 '밥상' 대신 불려진다. 발단은 수십 년 동안 끼니때를 챙겨온 아내의 도발적인 용기에서 비롯되었다.

우리 집 아침 밥상이 빵상床으로 변신했다. 올여름까지만 해도 여느 집처럼 밥에다 국, 김치 등 몇 가지 반찬으로 차려진 평범한 밥상이었다. 지난가을 초입 어느 날이다. 아내는 느닷없이 의외의 말을 끄집어낸다. 처음에는 아내의 말이 하도 생뚱맞아서 한동안 긴가민가했다. '세 끼의 끼니때는 어김없이 찾아오는데, 하루 종일 밥 짓고, 반찬거리를 사다가 끓이고, 볶고, 구워 만들기도 신물이 난다. 날마다 먹다 남긴 음식물을 냉장고에 넣었다가 다시 꺼내 먹는 것도 지긋지긋하니 하루에 한 끼쯤은 산뜻한 서양 조식으로 바꿔 보자.'는 것이다.

– 〈빵상〉 일부

이 글을 읽는 한국의 남편들이라면 표정이 뜨악하게 굳어지겠지만, 아마 많은 주부들은 반색하며 맞장구를 칠 것이다. 그러면 화자의 반응은 어떠한가. 열띤 호응은 하지 않지만 섣불리 반대하거나 완고하게 고집을 세우지도 않는다. 반면 "아내의 결심이 허물어지는 때가 올 것이라는 막연한 기대감을 갖고 계속 지켜보기로" 한다. 그것은 남편으로서의 권위를 무너뜨리는 일이 아니라 반백 년을 함께한 아내에 대해 이해와 존중이 기저에 깔려 있음을 의미한다. 아내란 가족공동체의 일원으로 가장 내밀한 관계를 형성하지만, 어쩌면 가장 완벽한 타자라고 할 수 있다. 이에 화자는 긍정적 태도로써 근본적으로 자신과는 다른 타자, 다른 세계질서를 이해하고 수용해야 함을 표상하는 것이다. '식구食口'라는 말이 '밥을 나누는 사람'이듯, 영어의 '동반자companion' 또한 '같은 빵을 먹는 사람'이지 않은가.

그 결과, 음식 쓰레기가 줄어들고 부엌 싱크대가 깨끗해졌으며 마주 앉은 식탁 사이의 말소리가 "한결 야들야들해"졌다고 술회한다. 나아가 〈빵상 후기〉에서는 서양 조식의 풍조를 손주들과 며느리까지 합세하고, 〈병상 이야기〉에서는 환자식 밥상으로 되돌아 가버린 '빵상'을 다시 그리워하기에 이른다. 아울러 등단작

〈밴댕이젓갈〉에서도 음식의 미각을 앞세운 부부 에피소드가 등장한다.

> 느닷없이 아내가 책방 가는 길에 부평동 시장에 들러 밴댕이젓갈을 사 오라는 것이다. 곁들여 하는 말이 '전번에 사 온 것은 밴댕이는 적고 땡초만 많았으니 이번엔 특별히 밴댕이 고기를 많이 받아오라.'는 당부였다. 오늘은 서실의 습작도 땡땡이를 치고 모처럼 가을바람에 맑은 햇빛 받으며 살방살방 가벼운 걸음으로 책방 나들이를 할까 했는데, 훈감한 책방의 분위기에 시장 바닥의 짠 밴댕이젓갈이라니. 도무지 어울리지 않은 조합이 아닌가. 어쨌든 아내의 지엄한 한마디에 속절없이 무거운 부담만 안게 되었다.
>
> — 〈밴댕이젓갈〉 일부

문학에서 인간의 삶과 결부시킨 음식의 소재는 단골 장치이다. 하지만 〈밴댕이젓갈〉의 서사가 돋보이는 이유는 헌책방의 정감과 옛 시장의 감흥을 씨실로, 짭조름한 젓갈의 미각과 아내의 언술을 날실로 직조해낸 공감각적 구성 능력에 있다고 하겠다.

≪빵상≫의 '아내 서사'에는 여러 층위의 유머 코드가 등장한다. 조문을 마치고 귀가한 화자를 돌려세우고 마구 소금을 뿌려 댄 아내의 행위를 '염장鹽藏'으로 환치하고, 커피를 마시며 아내가 농담 삼아 던지는 '졸혼'이란 단어 앞에서도 "이길 재간이 없다."며 슬그머니 꼬리를 내린다. 아내의 재치 있는 역설과 남편의 유순한 대응을 대비시

켜 가독력을 확산하게 되는 것이다. 덧붙여 부부의 일상적 패러디 곳곳에 다소 진중한 화소와 성찰의 문장 또한 서술양식을 균형 있게 엮어내었다고 하겠다. 3인칭으로 서술된 아내의 가훈 이야기와 작가의 손으로 아내의 곡哭을 대신한 〈필곡筆哭〉의 가부장적 이데올로기 메시지에도 주목하는 이유가 된다. 그러한 가족애는 〈아버지의 강〉에 이르러서 정점을 보인다.

> 아버지는 소목장小木匠이셨다. 한때는 유명한 가구공장에 종사했으나 공장이 폐업하는 통에 살고 있는 집의 현관에 '동광공업사'라는 간판을 달고 한쪽 구석에 작업대를 설치해서 자영업을 했다. 아버지가 주로 만든 가구는 우리나라 전통적인 가구가 아닌 탁자나 책상, 의자 등 생활 가구가 대부분이었다. 새로 만들거나 수리를 하여 받은 대가로 생계를 꾸려 나갔지만 어려운 살림살이는 여전히 꼬리를 물고 따라다녔다.
>
> — 〈아버지의 강〉 일부

인간이 미래로 나아가기 위해서는 과거의 상처를 끊임없이 들여다볼 수밖에 없다. "아버지의 몸에서는 언제나 나무 냄새가 났다."는 화자의 회상은 선친의 마지막 유품인 연장통에서 시작한다. 소년 시절에 소목장이었던 아버지를 도와 목공 일의 보조를 하고 수금을 하던 화자는 아버지 회사의 "유일한 사원이었고 조수"였다. 그러나 그때의 알싸한 나무 냄새만 떠올리면 회사가 있는 집이 화마로 휩싸였던 트라우마를 벗어날 수 없다. 기억이 매개하는 사건은 '나'의 의지와는 관계없이 찾아오는 것이기에 기억의 주체인 '나'는 무력하며 수동적일 수밖에 없다. 그러나 지금에 와서는 그 사건의 종결조차 수필 문학이라는 서사화 위에서 "강물"되어 흐르고 "강물"로써 흐느낀다.

작품 〈종접하는 유부초밥〉은 초등학교 5학년이던 손자 '해동'이 주인공이다. 종이접기가 취미인 해동이는 포털사이트의 페이퍼 빌드 공식 카페에서 '종접하는 유부초밥'이라는 닉네임으로 활동한다. 그 손자의 깜찍한 행동은 작가의 가치관을 확장시켜 조손간의 유대관계를 강화시킨다.

어느 날 유부초밥이 자기가 만든 작품을 학교 친구들에게 돈을 받고 판다는 말에 나는 깜짝 놀랐다. 작품의 크기에 따라 5백 원에서 2천 원까지 받아 용돈으로 쓰고 제 부모에게 포장 떡볶이를 진상해 드렸다 하니 말문이 막힐 수밖에 없다. 내가 돈을 받지 말고 공짜로 선물하는 게 좋지 않을까 했더니 유부초밥은 단호하게 말한다. 첫째, 친구들이 탐을 내서 돈을 주며 만들어 달라고 간청했고 둘째, 몇 시간씩 고생하여 만든 작품을 그냥 줄 수는 없고 셋째, 학교 선생님이 수업 시간에 가르쳐 주신 경제활동을 실천하는 것이므로 더더욱 공짜로 줄 수 없다는 이유를 말한다.

— 〈종접하는 유부초밥〉 일부

어린 손자가 재화와 용역과 화폐로 이루어진 경제원칙을 이해하고, 자신의 재능으로 경제활동을 실천하여 합리적 이익을 추구하였다는 사실이 기특할 수밖에 없다. 아울러 〈김치밥국의 얼굴〉에서는 고난의 시대를 함께 이겨 낸 형제애를, 〈의자〉에서는 시아버지의 집필을 응원하여 '인노바드 워커 체어'를 선물해 준 며느리에 대한 고마움을 담아냈다. 이로써 인간의 감정 속에서 피어난 가장 숭고한 소산이 가족애임을 거듭 확신하게 된다.

3. 환대하는 타자와의 관계망

자본주의가 발달하면서 가속화된 무한 경쟁은 연대를 약화시키면서 개인주의와 이기주의를 불러일으켰다. 이러한 위기를 회복하는데 있어 중요하게 고려되는 것이 타자성이라고 하겠다. 타인을 환대하며 공동체를 형성해나가는 것이 중요한 덕목으로 요구된다. 그 궤적을 톺아보면 ≪빵상≫에 나타난 두 번째 기저는 작가와 타자의 관계망을 제시한다. 가족 내의 서사가 구심력을 구현한다면 가족 외의 서사는 원심력을 보여준다. 무엇보다 화자가 타자를 만나는 방식은 신뢰와 믿음에 기인하였다. 〈어떤 만남〉에서 30년 전의 인연을 따라 은하사를 찾은 것도 "대성 스님이 계신다는 믿음이 나의 의식 속에 깊게 뿌리를 내리고" 있기 때문이다.

200여만 평의 광대한 부지에 조성되는 '신어산종합개발사업'

이 본격적으로 시행되었을 즈음이다. 부진한 토지매수와 지역 주민의 반발에 부딪혀 힘들어하고 있을 때, 가끔 현장과 가까이 있는 은하사를 찾아서 스님을 뵙고 도움을 청했다. 그때의 스님 말씀을 금과옥조로 삼았다. 스님은 만날 때마다 따뜻한 차를 손수 따라 주시면서 위로와 격려의 말씀을 들려주셨다. …… 사업은 몇 년 동안 우여곡절을 겪었으나 다행히 성공적으로 끝났다. 얼마 후 나는 신어산을 떠났다.

– 〈어떤 만남〉 일부

그러나 베르그송이 주창한 바처럼 완벽하게 과거와 일치하면서 그 자체로 통일된 기억은 없다. 다시 만난 스님은 화자를 전혀 기억하지 못한다. 예측대로라면 "이기 누고? 아무개 아이가!" 하고 반색을 하며 "덥석 손이라도 잡아줄 줄 알았"으나, 단지 노스님에게는 사찰을 방문하는 수많은 불자 중 한 명에 불과했다.

결국 인연이란 생멸연기에 의해 멸하는 법이니 함께 일어나고 소멸하고 나타났다가 다시 흩어지는 원리에 따른다는 것을 인지한다. 그러니 이생에서 스님이 화자를 기억하지 못하는 것은 자연스러운 이치이며 서운한 이유를 따질 필요가 없게 되는 것이다. 연기緣起의 사슬을 생각해 보면 넓은 스펙트럼에서는 이미 서로가 엄청난 인연으로 얽혀 있는 것이 아닌가. 인연의 고리는 〈자투리〉에서 더욱 구체화된다. 오너였던 '그'가 한국에 나올 때면 흔히 '기리빠시'라고 지칭하는 자투리 카스텔라 한 상자를 선물로 가져온다. 재일교포로서 근검과 절약이 몸에 밴 '그'를 경외하고 '그' 또한 화자를 온전하게 신뢰한다.

> 우매하게도 그가 나 같은 자투리에게 그의 전 재산을 걸었던 사실을 까맣게 모르고 있었다. 그에게는 분명 도박이었을 것이다. 다행히 그의 화투패는 나를 자투리에서 도사리 운명을 벗어나서 반자치 축에라도 끼게 하여 그나마 존재 이유의 계기를 만들어 준 것이 아닌가. 내가 그 사실을 알았을 때는 그는 이미 이 세상의 사람이 아니었다.
>
> — 〈자투리〉 일부

화자는 한때 "젊은 오기를 앞세워 회사를 박차고 뛰쳐나온" 적이 있었다. 그때 스스로를 "사회적 자투리"라고 여겼는데 '그'의 무한한 신뢰가 다시 재기를 도왔다. 그 덕에 자투리 빵을 선물로 안으면 자투리라고 여겼던 당시의 자신이 당연히 오버랩되는 것이다. 반면 〈대걸레〉에서는 책을 좋아하는 아파트 미화원 아주머니에게 보내는 믿음이 선명하다.

> 그날 이후로 이것저것 배달 오는 책 중에서 내가 이미 읽었거나 덤으로 한 권씩 얻어 온 책들을 그녀에게 건네주었다. 그러면서도 책을 주면 제대로 읽기나 할까? 하는 의구심은 조금도 들지 않았다. 내 책장에는 반쯤 읽다 말고 접어둔 책들이 부지기수

인데, 언감생심 내가 그녀의 시구詩句처럼 맑은 심성을 의심하다
니. 점심을 먹고 나서나 일하다 잠시 쉬는 틈에 일터의 어느 한적
한 구석에서 열심히 책장을 넘기고 있을 것이라는 생각에는 손톱
만큼의 의심도 들지 않았다.

-〈대걸레〉 일부

우리 인생의 주체는 인류의 역사를 뒤흔들어 놓은 몇몇의 영웅이
나 혁명가의 삶이 아니라, 소리 없이 하루하루를 살아내는 대중 한
사람 한 사람의 일상으로 이루어진다는 말이 있다. 작품 속의 미화
원 아줌마는 누구인가. 그녀는 "아파트 같은 다가구 주택"에 고용되
어 종일 비와 걸레로 낙엽이나 먼지를 쓸고 닦는다. 열악한 작업환경
은 물론 소음과 분진과 미세먼지에 노출되며 사고의 위험도 적지 않
다. 고달픈 일정의 마지막 작업은 대걸레를 깔끔히 씻어 말리는 일이
다. 화자가 그 노동을 신성하게 생각하는 것처럼 그녀 또한 글을 쓰
는 화자를 부러워하며 경의를 보낸다. 그 마음에 보답하듯 고양일 작
가는 여분의 책을 전하게 되고 그녀는 선한 웃음으로 화답한다. 그러
니 "시구詩句처럼 맑은 심성"으로 책장을 넘기게 될 것이라는 추측은
타인에 대한 믿음과 인간애가 없이는 불가능한 일이다.

〈그곳에는 묵향이 흐르네〉에서는 평생 외길을 걸은 서예학원 원장
의 인품이 돋보이고, 골목길〈보리밥집〉의 주인아주머니도 냉갈령같
이 무뚝뚝한 성품이지만 수년 동안 화자 부부의 미각을 실망시키지
않는다.〈장작, 그 황홀한 불꽃〉에서는 군불 넣는 민박집 주인장의 소

박한 정이 드러나며, 〈목욕탕 가는 길〉에 나타난 이발소 영감의 편안함이나 탈의실 옷장을 잠그지 않아도 아무 탈이 없는 동네 사람들의 인심에서 사람살이의 진실성을 느끼게 된다. 〈아버지의 집〉을 통해 지인의 일화를 내레이션하듯 서술한 기법이나 인물을 통한 감동은 여느 명작 못지않으므로 타자를 만나는 방식에 대한 깊이 있는 성찰을 보여준다. 더욱이 친구 '성이'를 기억하는 〈버찌가 익을 무렵〉은 그리움의 결정체라고 할 수 있다.

철조망을 벌리고 몸을 낮춰 안으로 기어들어 갔다. 관리인과 셰퍼드의 기척에 잔뜩 신경을 곤두세우고 이 나무 저 나무를 옮겨 타고 다니며 버찌를 땄다. 이곳의 버찌는 유난히 씨알이 굵다. 나무 위에서 원숭이처럼 매달려 게걸스럽게 따먹고 그것도 모자라 입고 있던 러닝셔츠 속에 집어넣었다. 버찌 열매가 셔츠 속에서 불룩하게 부풀어 올랐는데도 우리는 황홀한 삼매경에 빠져 시간 가는 줄 몰랐다. 그러자 갑자기 언덕 아래서 개 짖는 소리가 요란하게 들려 왔다. 혼비백산하여 나무줄기를 안고 미끄럼 타듯 내려서 철조망을 넘어 줄행랑을 쳤다.

－ 〈버찌가 익을 무렵〉 일부

중앙동 40계단에서 바라다보이는 나지막한 복병산은 화자에게 있어서 "평생 잊을 수 없는 엄마의 젖꼭지"이다. 용두산이 마주 보이고 측후소 풍향계가 맴을 돌며 산 아래 초등학교를 "4학년 때 일어난 한

국전쟁으로 유엔군 주둔지로 내어주고 졸업할 때까지 산 중턱에 천막을 치고” 다닌 곳이다. 그러나 부산 최초의 상수도 시설인 배수지 철조망 안을 넘나들며 ‘성이’와 함께 버찌 서리를 하던 기억은 단순한 돌이킴이 아니라 유년을 부활시키는 작업이다. 고양일 작가의 여섯 식구 보금자리였던 다다미방 적산가옥이 “불쏘시개처럼 타서 흔적도 없이” 사라져버린 곳이므로, 아버지의 일터인 ‘동광공업사’가 화마에 처참하게 무너져버린 곳이므로, 모든 것을 빼앗긴 이웃과 친구가 뿔뿔이 헤어진 곳이 되었으므로. 그러나 참혹한 기억도 세월 앞에서는 쓸쓸한 그리움이 된다. 무의식으로 내재한 상처와 결핍이 예술작품의 본질적인 의미가 되기도 하는 것이다.

4. 순수한 열정과 결곡한 헌사

프로이트는 반드시 ‘나’는 현재를 만든 사건들과 ‘나’를 정의하는 과거들을 기억해내야만 한다고 주장한다. 행복했던 경험은 물론 자신을 감싸고 있는 무의식의 트라우마까지도 당당히 마주할 수 있을 때 비로소 주체가 확립된다고 하겠다. 중요한 것은 과거는 사실 전체가 그대로 보존되거나 되살려지는 것이 아니라 현재를 토대로 재구성된다는 점이다. 더군다나 명확하게 자기에게 향하는 주체를 확신하는 수필작가라면 구성된 기억들을 통해 새로운 시선과 창의적 해석을 갖게 된다. 그것이 능동적인 작가적 태도이다.

고양일 작가가 기억의 서사화로 구현해 낸 ≪빵상≫은 인적 관계망을 토대로 정신계의 지형도를 구성하였다. 가족서사와 타자서사로써 담담한 필치와 유연한 문장으로 견고한 글의 산맥을 그려내었다. 순수한 열정과 결곡한 헌사로 '인간애'를 펼쳐낸 이번 작품집은 수필로 쓴 한 권의 '인간학'이 되었다. 그러므로 작가와 독자와의 탄탄한 관계망을 성립하게 될 것이라는 믿음을 갖게 한다. 이제 작가의 글길은 어디를 향해 흐르는가. 그 점이 벌써 2집을 기다리는 이유이기도 하다.

고양일 수필집

빵상

인 쇄 2024년 3월 15일
발 행 2024년 3월 22일

지은이 고양일
발행인 서정환
펴낸곳 수필과비평사
주 소 서울특별시 종로구 삼일대로32길 36(운현신화타워) 305호
전 화 (02) 3675-3885 (063) 275-4000 · 0484
팩 스 (063) 274-3131
이메일 essay321@hanmail.net   sina321@hanmail.net
출판등록 제300-2013-133호
인쇄 · 제본 신아문예사

ISBN 979-11-5933-521-1 (03810)

값 13,000원

Printed in KOREA

본 사업은 2024년 부산광역시, 부산문화재단 〈부산문화예술사업〉으로 지원을 받았습니다.